Ernst von Bergmann

Das putride Gift und die putride Intoxication

Antigonos

Ernst von Bergmann

Das putride Gift und die putride Intoxication

Unveränderter Nachdruck der Originalausgabe von 1868.

1. Auflage 2024 | ISBN: 978-3-38613-943-4

Antigonos Verlag ist ein Imprint der Outlook Verlagsgesellschaft mbH.

Verlag: Outlook Verlag GmbH, Zeilweg 44, 60439 Frankfurt, Deutschland, info@outlook-verlag.de
Vertretungsberechtigt: E. Roepke, Zeilweg 44, 60439 Frankfurt, Deutschland
Druck: Libri Plureos GmbH, Friedensallee 273, 22763 Hamburg, Deutschland

Das putride Gift

und

die putride Intoxication

von

Erste Lieferung.

Dorpat.

W. Gläsers Verlag.

1868.

Vorwort.

Der rastlose Gang der biologischen Wissenschaften mag
das Veröffentlichen einer noch unvollendeten Arbeit ent-
schuldigen. Wo, wie heute, die Wissenschaft durch das
republikanische Zusammenwirken zahlreicher, auf beschränk-
tem Gebiete emsiger Detailforscher gefördert wird, da darf
selbst der kleinste Fund, auch wenn er ohne weitere Aus-
stattung fortgegeben wird, hier oder dort auf freundlichen
Empfang rechnen. Dass vielleicht ein anderer Arbeiter
rascher die Aufgabe, welcher nachfolgende Blätter gewidmet
sind, fördert, hat den Verfasser von dem nonum prematur
in annum absehen lassen. Als practischer Arzt sah er sich
mit seinen Studien bald so weit ins Gebiet der Chemie versetzt, dass er für ein fruchtbares Weiterarbeiten der Hülfe
des Fachmannes bedurfte. In dieser Beziehung mögen die
Herren Professor Dr. Dragendorff und Privatdocent Dr.
Schmiedeberg für die Anregung und Mitarbeit, welche
ersterer besonders der zweiten Versuchsreihe dieser Abtheilung zu Theil werden liess, den Ausdruck aufrichtigen Dankes
gestatten. Es ist Pflicht des Mediciners sein Material nicht
eher dem Chemiker zu überlassen, als bis er im Stande ist
jenem präcise Fragen zu stellen. Das hier vorgelegte Material gestattet nunmehr die Wünsche des practischen Chirur-
gen in chemisch richtig formulirter Weise vorzutragen.

Es bedarf vor den chirurgischen Fachgenossen keiner
Auseinandersetzung über die Bedeutung einer näheren Kenntnissnahme des putriden Giftes, des so deletär auf den thierischen Organismus einwirkenden Bestandtheiles faulender
Körper. Die Wunde selbst ist die Officin, welche dieses

Gift bereitet — ein Gift das bei der Erzeugung der specifischen Wundkrankheiten, zumal bei dem Zustandekommen all' der grossen Plagen und Geisseln der Chirurgie, welche wir unter Erysipelas, progressive Phlegmone, Pyämie, Ichorämie, Septicämie verstehen, grossen Antheil ja meist sogar die Hauptrolle übernimmt.

Ein historischer Theil ist dieser Arbeit nicht vorangestellt worden, weil das hierin Nöthige bereits von den Münchener Preisarbeiten der Herren Hemmer und Schweninger, sowie von Wilhelm Raison (Experimentelle Beiträge zur Kenntniss der putriden Intoxication und des putriden Giftes, Dorpat 1866) geleistet ist.

Die vorliegende Arbeit soll in drei Abtheilungen zerfallen, von denen die erste die Darstellung des putriden Giftes in drei Versuchsreihen, die zweite die Pathologie der putriden Vergiftung, die dritte die Bedingungen für Entstehung des putriden Giftes umfassen soll. Nicht eher ist die Veröffentlichung der ersten Abtheilung gewagt worden, als bis auch ungefähr die Resultate der beiden anderen Abtheilungen sich übersehen liessen.

In wie weit die Darstellung resp. Reingewinnung des putriden Giftes denjenigen Versuchen gelungen, welche in der ersten Lieferung vorliegender Arbeit niedergelegt sind, wird der Kritiker zu beurtheilen haben. Eine Kritik, die sich auf Wiederholung und Erweiterung der einschlägigen Experimente stützt, wird es leicht haben, Aufgaben und Ziele der Arbeit weiter zu stecken — um eine solche bittet der Verfasser. Im Uebrigen hofft er, der geneigte Leser werde die Schwierigkeit des in Angriff genommenen Gegenstandes verstehen und hierin die Entschuldigung für der Mängel und Lücken Reichthum finden.

Dorpat, 1. den Mai 1868.

Ernst Bergmann.

Die Thatsache, dass nach Injection faulender Flüssigkeiten in die Venen von Thieren sich ein Process entwickelt und abspinnt, der in Bezug auf seine Erscheinungen im Leben und in der Leiche denen der sogenannten septhämischen Krankheiten gleicht, hat dazu genöthigt die Reihe der letztern von der Resorption faulender Stoffe aus Krankheitsheerden abzuleiten. Eine andere von Billroth und Weber ermittelte Thatsache, dass nach Injectionen der Producte des fauligen, ja selbst entzündlichen Gewebszerfalls die Temperatur der Versuchsthiere zu Fieberhöhen anstieg, musste auch die Ursache des Wundfiebers, vielleicht jedes Fiebers bei Entzündungen, in die Aufsaugung dieser Producte setzen.

Die künstliche Erzeugung und mit ihr die weitere Erforschung der beiden allerverbreitetsten und allerwichtigsten Wundkrankheiten ist somit dem Experiment übergeben. In der ihm gewordenen Aufgabe kann dieses naturgemäss nicht anders beginnen und vorgehen, als indem es das ätiologische Moment — die Entstehung durch das toxisch wirkende Agens — klar legt.

Die Körper, welche man in die Blutbahnen der Versuchsthiere gebracht hat, sind Mischungen höchst zusammengesetzter Art: in Zersetzung also fortwährender Umgestaltung begriffene organische Körper, Salzlösungen, flüchtige und feste Säuren oder Alkalien, durchsetzt von Milliarden thierischer und pflanzlicher Organismen. Soll in das Geschehen am Thierleibe nach Aufnahme dieser complicirten Materien ein Einblick gewonnen werden — so ist in erster Instanz festzustellen: wie viel und welche der Wirkungen jedem einzelnen Bestandtheile des Gemenges angehören.

Bekanntlich hat schon der erste Experimentator auf diesem Gebiete, Gaspard, die bei jeder Fäulniss sich entwickelnden Kohlensäure, Schwefelwasserstoff, Wasserstoff, Ammoniak und Chlorammonium geprüft. Eine entscheidende Bedeutung für den Symptomencomplex nach Injection putrider Massen hatten diese Substanzen nicht. Schwefelammonium, Schwefelwasserstoff in concentrirterer Lösung und Schwefelkohlenstoff sind, wie spätere Experimente von Desgranges, Delore, Beck, Billroth, Weber gezeigt haben, allerdings von sehr deletärem Einflusse auf die Thiere, allein den ganzen Wirkungskreis der putriden Intoxication erschöpfen sie nicht. Von Panum, Weber und Billroth sind noch andere bei der Fäulniss häufig gewonnene Producte injicirt worden, so Leucin, Tyrosin, flüchtige Fettsäuren und deren Verbindungen — ohne dass das typische Bild der putriden Infection folgte. Wenngleich ein Theil der Erscheinungen an Septhämischen auch von der Resorption giftig wirkender Glieder dieser Gruppen abhängig gedacht werden könnte — so steht doch fest, dass in faulenden animalischen und vegetabilischen Substanzen noch andere Schädlichkeiten sich finden müssen, diejenigen eben, deren Wirkung die oft geschilderten Erscheinungen umfasst.

Die bekannte Analogie zwischen einer grössern Reihe von Krankheitserregern und den Fermenten der Chemie mag die erste Veranlassung gegeben haben auch in der Wirkung der Fäulnissproducte auf den thierischen Organismus eine Fermentation zu suchen. Die Hypothese fand eine Stütze in der Beobachtung einer verschiedenen Wirkungs-Intensität der faulenden Masse je nach dem Stadium der Fäulniss. Die Intensität der Störungen schien nicht adäquat der Quantität eingebrachter Zersetzungsproducte, sondern vielmehr dem Grade der vor sich gehenden Zersetzung. Von den Fermenten wird angenommen, dass sie nicht plötzlich das ihrer Einwirkung unterworfene Material umsetzen, sondern allmählich — auch nach Injection der fraglichen Infectionsstoffe vergeht erst eine gewisse Zeit bis die hervorstechendsten Symptome, die vom Darme, auftreten. Es ist das weiter als Beweis einer Fermentation angesehen worden.

Wer noch unbedingt der Liebig'schen Fermenttheorie huldigt, wird den wirksamen Bestandtheil faulender Flüssigkeiten in den Eiweisskörpern suchen — denn ein jeder in Umsetzung begriffene Eiweisskörper ist ein Ferment. In jedem Stadium der Umsetzungsreihe, welche ein faulender Körper durchläuft, kann nach dieser Anschauung derselbe auf das seinem Einfluss unterworfene Material in anderer Weise einwirken. Unter solchen Voraussetzungen dürfte a priori das Bemühen Bestimmteres über das der putriden Infection zu Grunde liegende Ferment auszusagen, auf wenig Erfolg rechnen

— zumal es sich nicht um einen einzigen organischen Körper handelt, bei dessen Fäulniss die giftige Wirkung sich äussert, sondern jede thierische wie pflanzliche Stickstoff haltige Masse, wenn sie fault, in derselben constanten Weise den Organismus anzugreifen scheint.

Indess die Fermenttheorie hat bis jetzt keinen andern Beweis gekannt als den ex analogia. Gesetzt auch, es berge die faulende Substanz ein oder zahlreiche Fermente, denkbar ist es noch immer, dass ein anderer Theil des Fäulnisssubstrates mit oder ohne den Einfluss dieser sich zu einem Gifte umgestaltet habe, von dessen Eigenschaften die putride Intoxication abzuleiten wäre.

Der Inhalt 'des Fermentbegriffes ist neuerdings zu grösserer Klarheit wenigstens grösserer Präcision gediehen. Die katalytisch wirkende Substanz, welche, ohne nach den Gesetzen chemischer Affinität Verbindungen einzugehen, bloss durch ihr einfaches Hinzutreten die Zerlegung anregt, die innere umsetzende Bewegung auslöst — soll entweder wirken durch ihre chemische Zusammensetzung oder durch den Lebensprocess der kleinen Organismen, aus denen sie besteht. Seitdem in der Magenflüssigkeit, welche die Milch zersetzt, Hefegebilde in ausserordentlicher Menge gefunden, seitdem im Speichel Pilzelemente in unzähliger Menge gesehen sind, scheint das Gebiet der belebten Fermente an Terrain zu gewinnen. Es ist gegenwärtig nicht mehr möglich den Fäulnissprocess unabhängig von der Einwirkung dieser kleinen Organismen zu denken. Wo das Mikroskop die Abwesenheit von thierischen und pflanzlichen Organismen constatirt, ist mit Bestimmtheit Fäulniss auszuschliessen. Untersuchungen über die Morphologie der Hefe sind berufen über Art und Grad der Fäulniss am meisten Zuverlässiges zu leisten.

Fäulnissuntersuchungen dieser Art sind aber von Untersuchungen über die Wirkung der Fäulnissproducte auf den thierischen Organismus zunächst noch zu trennen.

Die Pilzformen, welche man im Darminhalt Cholerakranker gefunden, können nur in zweifacher Weise auf die Bestandtheile des Körpers wirken, entweder vermöge ihrer mechanischen oder vermöge ihrer chemischen Eigenschaften. Wenn Grund und Umfang eines diphtheritischen im Fortschreiten begriffenen Geschwürs von Schwärmsporen vollgestopft sind, so können hierdurch die Gewebs-Elemente einfach erdrückt werden, oder aber es kann der Stoffwechsel in den Pilzen das Leben in den benachbarten Geweben schädigen, sei es durch Anziehen integrirender Bestandtheile, sei es durch Liefern eines giftigen Auswurfsstoffes.

Desgleichen ist die Wirkungsmöglichkeit derjenigen Fermente, bei deren Thätigkeit das Auftreten von Hefebildungen nicht nachzuweisen ist, so der Diastase, des Emulsins, Myrosins u. s. w. auch eine zweifache. Angenommen sie wirkten schädlich, so könnten sie selbst an sich d. h. durch Verbindungen, welche sie mit Bestandtheilen des Organismus eingehen, die Rolle von Giften spielen, oder aber sie veranlassten in der Säftemasse, in die sie applicirt, Umsetzungen, als deren Erzeugniss der deletär auf die Gewebe wirkende Stoff auftritt.

So oft dieser deletäre Stoff ausserhalb des Körpers aus physiologischen oder pathologischen Producten desselben gebildet wird, gleichgiltig ob durch Vermittelung organisirter oder nicht organisirter Fermente, sind Möglichkeiten für seine Reingewinnung gegeben.

Es ist völlig unbekannt, was aus einem Jaucheheerde resorbirt wird, das Ferment oder dessen Erzeugniss oder beides; sicher gestellt ist allein, dass die filtrirte Jauche, der filtrirte faulende Eiter, das filtrirte faulende Serum oder durch Fäulniss gelöste Blutcoagulum ins Blut von Thieren gebracht in ein und derselben Weise schädlich wirken, und zwar unter denselben Erscheinungen, welche ihre Resorption aus den Krankheits- und Wundheerden kennzeichnet.

Gegenüber dieser von den verschiedensten Autoren schon lange constatirten Thatsache — ist der Versuch die faulenden in der typischen Weise wirkenden Substanzen zu zerspalten und in dem Zerspaltenen Wirksames und Unwirksames zu scheiden — mit andern Worten auf dem Wege der Ausschliesung das Wirksame zu finden — ein gerechtfertigter.

Zu einem solchen Beginnen ermuthigen Versuche, welche Panum mit gekochtem und eingedampftem Macerationswasser vor nun schon 12 Jahren anstellte. Nach demselben war das Destillat von faulenden Flüssigkeiten unwirksam, während aus dem getrockneten und dann mit absolutem Alkohol erschöpftem Rückstande Wasser noch wirksame Materie auszog. Ganz im Widerspruche zu diesen Angaben stand freilich ein Experiment, das ich bei zufällig mir gewordener Veranlassung angestellt hatte. Das blosse Aufkochen faulenden Blutes schien mir dessen specifische Wirkung aufzuheben. So war ich von Vornherein auf ungeebnete Wege gewiesen und durfte mir nicht verhehlen, dass der Arbeit nächste Aufgabe bloss ein Probiren nach verschiedenen Richtungen sein müsse.

Die Probeversuche, die voraussichtlichen Misserfolge, die desgleichen zu erwartenden unklaren ja selbst widersprechenden Resultate forderten durchaus ein reichliches Versuchsmaterial. Reine,
möglichst einfache und in ihrer Zusammensetzung bekannte Stick-
stoffhaltige Körper würden unstreitig der Gewinnung eines ihrer
unbekannten Zersetzungsproducte am günstigsten sein, indess ist
es zu schwierig sich die erforderlichen Massen derselben zu verschaffen. Dazu kommt noch ein anderer Umstand. Bei den verschiedenen Proceduren, denen das Material zu unterwerfen war, bei
den unvermeidlichen Verdünnungen und Verlusten musste ein relativ
hoher Grad der Wirksamkeit vom Rohmaterial verlangt werden.
Dieser Forderung scheinen reine im Fäulnissprocesse begriffene Eiweisskörper nicht zu genügen. Wenigstens gehörte eine relativ
grosse Menge faulenden Fibrins dazu um an einem Hunde deutliche
Krankheitserscheinungen zu erzielen. Von einem Ansatze aus 40
Theilen Blutfaserstoff, welcher mit Wasser, Alkohol und Aether
ausgewaschen war, und 400 Theilen Wasser reichten 40 CC. noch
nicht aus, um einen mittelgrossen Hund zu tödten — im Gegentheil überwand derselbe in acht Stunden die Folgen der Injection.
Schweninger, welcher 60 Theile Fibrin und 180 Theile Wasser
faulen liess, bedurfte zu einem ähnlichen Wirkungsgrade 17 CC.
Dagegen genügen 5—8 CC. faulenden Blutes, um einen grossen Hund
in wenig Stunden dem Tode zu weihen.

Am leichtesten zu beschaffen waren Blut und Macerationswasser aus den Kellern der anatomischen Institute. Unter beiden
ist das Blut das stärker wirkende. Von zwei gleich grossen drei-
monatlichen Füllen waren dem einen 8 CC. mit Wasser reichlich
verdünnten faulen Blutes, dem andern 50 CC. Wasser, in welchem
seit einem halben Jahre Hundefleisch macerirte, in die Jugularis
infundirt worden. Das erste Thier verendete in wenig Stunden,
das andere erkrankte unbedeutend und erholte sich im Laufe der
nächsten 24 Stunden vollkommen.

Es sind der ersten Reihe meiner Versuche faulendes Blut und
Macerationswasser zu Grunde gelegt.

Was auch immer für faulende Substanz gewählt wird, es darf
nicht vergessen werden, dass nach gewöhnlicher und a priori wahrscheinlicher Annahme die Zeit der Fäulniss wesentlich die Wirkung
der gefaulten Materie beeinflusst. Aus diesem Grunde habe ich
jedesmal vor Beginn einer neuen Gruppe von Versuchen die zur
tödtlichen Erkrankung erforderliche Dosis des Rohmaterials festge-

stellt. Die zeitlichen Schwankungen in der Wirkungsintensität bei niederer Temperatur (20° C.) faulenden Blutes sind nicht gross; auch beim Macerationswasser sind sie nicht besonders auffallend. Bei ungefähr gleicher Grösse der Versuchsthiere (Hunde) trat nach Injection faulenden Blutes der Tod in kurzer Zeit, 3—9 Stunden, ein:

bei 16 CC. am 8. Tage der Fäulniss
„ 16 „ „ 16. „ „ „
„ 10 „ „ 24. „ „ „
„ . 6 „ „ 43. „ „ „
„ 10 „ „ 59. „ „ „
„ 30 „ „ 110. „ „ „
„ 25 „ „ 124. „ „ „

Noch nach 8 Monaten folgte der Injection von 24 CC. eine deutliche, wenn auch nicht tödtliche Infection. Von dem seit 7 Monaten faulenden Macerationswasser bewirkten:

am 8. Januar 13 CC. schwere Zufälle, nach drei Tagen Tod,
am 7. Februar 12 CC. schwere, mehrere Tage währende Erkrankung,
am 8. März 20 CC. den Tod am 3. Tage.

Nächst der Wahl des Versuchsmaterials gilt es die leitenden Grundsätze für die Wahl der Versuchsthiere festzustellen. Die Frage, ob eine der Prüfung unterzogene Substanz wirksam oder nicht ist, kann ohne genauere Kenntniss von den Wirkungen, um welche es sich handelt, nicht discutirt werden. Diese Wirkungen sind bis jetzt am häufigsten und ausführlichsten an Hunden studirt worden. Es ist solches Grund genug um, abgesehen von der Leichtigkeit der Beschaffung, im Hunde das geeignetste Versuchsthier zu sehen. Wenn man gegen den Hund geltend gemacht hat, dass derselbe, durch seine Nahrung sich an faulende Stoffe gewöhnend, gegen deren Schädigungen abgehärtet werde, so beruht das auf unbestätigten Conjecturen. Im Gegentheile beweisen meine Experimente, dass mit der Zahl rasch nach einander durchgemachter leichter Intoxicationen die Empfindlichkeit gegen eine neue Einführung der Noxe steigt. Es ist wahr, dass der Hund gegen das putride Gift einigermassen resistent ist, resistenter ganz gewiss als das Kaninchen und die Katze, ja auch das Pferd. Allein eine gar zu grosse Empfänglichkeit halte ich nicht einmal für wünschenswerth. Je schwieriger sich die Symptome entwickeln, um so sicherer darf, falls sie dann wirklich constatirt sind, das Vorhandensein der Wirksamkeit behauptet werden.

Welche Symptome am Hunde geben uns das Bild und erlanben uns den Schluss einer unzweifelhaft vorhandenen putriden Intoxication?

Es wird ganz allgemein, als nothwendiger Ausfluss der Fermenttheorie, angenommen, dass die Menge, in welcher faulende Flüssigkeiten beigebracht werden, gleichgiltig ist; sowie nur die Dosis gross genug ist, um überhaupt zur Perception zu kommen, entwickele sich die Infectionskrankheit in typischer Weise. Diese Voraussetzung ist falsch. Der Grad der Wirkung steht in gradem Verhältnisse zur Menge des beigebrachten schädlichen Agens. Protocolle von mehr als 200 Experimenten dienen mir zum Belege dieser Behauptung. Mithin müssen leichte und schwere Intoxicationen unterschieden, oder mit andern Worten kann eine Climax von Wirkungen zusammengestellt werden.

Die Störungen sind ferner andere, je nachdem die Noxe in den Magen oder das Unterhautzellgewebe oder unmittelbar ins Blut gebracht wird.

Selbst grosse Dosen (30 CC.) faulenden Bluts können ohne üble Folgen von Hunden genossen werden. Nach grössern scheinen Durchfälle u. s. w. zu folgen. Indess ist die Einführung grösserer Portionen in den Magen, da sie allein mittelst der Schlundsonde gelingt, kaum möglich, weil sofort der grösste Theil, vielleicht Alles wieder ausgebrochen wird, ein Erbrechen, welches durchaus nicht pathognomonisch ist, sondern bekanntlich nach Darreichung ganz indifferenter Stoffe bei diesen Thieren leicht und oft eintritt.

Das Unterhautzellgewebe reizen stärker wirkende faulende Flüssigkeiten in kürzester Zeit zur Phlegmone. Dieselbe ist in einzelnen Fällen eine acut fortschreitende und tödtet, wenn sie sich über eine ganze Extremität und einen Theil des Rumpfes ausbreitet unter hohen Fiebertemperaturen (42° C. und mehr). Die Section zeigt an den innern Organen die später zu erwähnenden Störungen, nur ist allemal die Darmaffection verhältnissmässig gering. In andern Fällen begrenzt sich die Infiltration und Regel ist es alsdann, dass die pralle, heisse Anschwellung weicher wird und fluctuirt, bis nach Gangränescenz eines nicht unbedeutenden Hautstückes der Abscess durchbricht. Endlich in einer dritten Gruppe von Fällen scheint die Schwellung nach subcutanen Applicationen ganz zu fehlen, oder ist so unbedeutend, dass sie, nachdem einige Zeit hindurch die betreffende Stelle besonders empfindlich gewesen ist, sich einfach rückbildet. Ausnahmslos begleitet die Localprocesse eine erhöhte Körpertemperatur, welche entschieden schon vor Beginn der örtlichen Störungen nachweisbar ist. Die erwähnten Affectionen des Zellgewebes stehen nicht im graden Verhältnisse zur Menge der eingespritzten Substanz. Ich habe die schwersten Störungen nach einem CC. eines stark wirkenden Fäulnissproducts eintreten sehen, während in einem andern Fall nach 10 CC. derselben Lösung nur die der letzten Kategorie sich entwickelten. Mir scheint, dass in erster Instanz das Alter der betreffenden Thiere für diese Verschiedenheiten maassgebend ist. Je jünger die Hunde, desto grossartiger die Zerstörungen im Zellgewebe. Nächstdem dürfte noch der Einfluss der Applicationsstelle ins Gewicht fallen. Das Zellgewebe des Halses z. B. scheint empfindlicher als das der Extremitäten. Schon diese Verschiedenheit im localen Effect verbietet es die Wirksamkeit der zu prüfenden Substanz durch subcutane Injectionen in Erfahrung zu bringen. Eine Beurtheilung der fraglichen Wirksamkeit nach den gleichzeitigen Allgemein-Erscheinungen ist vollends ungehörig, weil die suppurativen und gangränösen Phlegmonen ihrerseits weitere Infectionsheerde abgeben müssen. Durch Injectionen ins Unterhautzellgewebe den Einfluss einer Substanz auf das Allgemeinbefinden zu prüfen, ist nur dann möglich, wenn die in Rede stehende Substanz auf das Unterhautbindegewebe durchaus keinen Reiz ausübt.

So blieb denn mir zur ausschliesslichen Benutzung allein die directe Infusion ins Blut. Sie ist das richtige Mittel für die Bestimmung wirksamer Quantitäten des Infectionsstoffes, denn wie schon erwähnt, beweisen meine Experimente, dass wirklich bei dieser Applicationsweise der Grad der Wirkung proportional ist der Menge eingebrachter Substanz. Phlebitiden nach dieser Operation sind mir beim Hunde gar nicht vorgekommen, beim Pferde freilich fast jedes Mal. Phlegmonen im Umfange der Wunde erreichten nur zwei Mal etwas beträchtlichere Ausdehnung. Embolische Störungen sind meinem Eingriffe nicht gefolgt, ich habe sie ausschliessen können, weil fast allemal kurz vor der Injection meine Lösungen durchs Filter gegangen waren. Sie sind sogar in den wenigen Fällen, in welchen ich mich auf ein Coliren durch mehrfach gefaltete Leinwand beschränkte, ausgeblieben. Die aprioristischen Reflexionen, welchen gegen diese Applicationsmethode Ausdruck gegeben ist, (Hemmer) sind nicht nur von meinen Experimenten, sondern auch von denen Anderer widerlegt worden.

Nach Injection kleiner Quantitäten faulenden Blutes (1—3 CC.) treten Alterationen im Wohlbefinden der Thiere gewöhnlich nicht in Erscheinung. Misst man aber sorgfältig die Temperatur des benutzten Thieres, so erfährt man, dass sofort nach der Injection dieselbe zu steigen beginnt, zwischen der zweiten bis fünften Stunde ihre Akme erreicht und dann wieder zur Norm zurückkehrt. Ein Paar Beispiele mögen solches illustriren.

Eine Hündin erhielt am 30. Juni 1867 eine kleine Dosis schwach wirkender Flüssigkeit in die V. crural. injicirt. Kurz vor der Operation um 11 Uhr Temperatur 39,0

„	12	„	„	40,1
„	1	„	„	40,6
„	2	„	„	40,8
„	3	„	„	40,8
„	4	„	„	40,2
„	5	„	„	39,6
„	6	„	„	39,0

Aehnlich wurde am 14. Juli 1867 mit einem grössern Hunde verfahren. Kurz vor der Operation um 12 Uhr Temperatur 38,6

„	1	„	„	39,8
„	2	„	„	40,0
„	3	„	„	40,4
„	4	„	„	40,2
„	5	„	„	40,2
„	6	„	„	39,8
„	9	„	„	39,8

Diese Temperatur-Curve folgt ausnahmslos den Injectionen kleiner Quantitäten der deletären Materie, sowol wenn keine andern Störungen sich weiter geltend machen, als auch wenn solche sich anschliessen. Nach reichlichern Injectionen gestalten sich die Temperaturverhältnisse in der Regel in derselben Weise, nur wo die einverleibten Massen sehr rasch verderblich wirkten, sank mitunter vom Momente der Einspritzung die Temperatur.

Am 26. Juni 1867 erhielt ein mittelgrosser junger Hund 16 CC. filtrirten faulenden Blutes in die V. crural. dxtr. Sofort erbrach er wiederholentlich und deponirte schon nach einer halben Stunde blutig tingirte Fäces.

Vor der Operation um	5 ½	Uhr	Temaeratur	39,6
„	6 ½	„	„	37,8
„	8	„	„	36,6
„	9 ½	„	„	34,6
„	11	„	nach langer Agone Tod.	

Die Regelmässigkeit der Temperatursteigerung und ihr bestimmter eben geschilderter Typus würden sie zu einem besonders werthvollen Mittel für die Diagnose der specifischen Wirkung machen, wenn nicht für eine richtige Deutung derselben es nothwendig wäre die betreffenden Messungen stündlich zu executiren. Misst man z. B. nur einmal zwischen der dritten bis fünften Stunde, um sich mit einer alsdann etwa nachgewiesenen Temperatursteigerung zufrieden zu geben, so könnte man leicht sich in Fehlschlüssen verirren. Hat nämlich der Hund zufälliger Weise kurz vor der Messung gegen seinen Strick oder gegen einen seiner Leidensgefährten gewüthet, so würde das Thermometer eine Steigerung constatiren, welche lediglich der excessiven Muskelaction zuzuschreiben wäre. Wie gewaltig hoch diese die Temperatur hinauftreiben kann, davon habe ich mich zu wiederholten Malen überzeugt. Bei einem gesunden grossen Hunde stieg während des Bindens behufs Vornahme eines Experiments die Temperatur, welche um 10 Uhr Vormittags 39 und um 1 Uhr Mittags unmittelbar vor dem Fesseln 39,3 betragen hatte, in etwa 20 Minuten auf 41°. Bei behaarten Thieren und vollends den nicht schwitzenden Hunden ist der Abkühlungs-Apparat ein so ganz anderer als beim Menschen, dass auch die Bedeutung der Temperatursteigerung eine andere sein muss. Selbst beim Pferde, dessen Perspirationsverhältnisse weit günstiger als die des Hundes sind und dessen Körpertemperatur beim Stehen im Stall in nur sehr engen Grenzen schwankt, erhebt sie sich während einer Bewegung z. B. während eines selbst nur halbstündigen Rittes bedeutend. So stieg sie bei einem Pferde, dessen Temperatur in den vorhergehenden Tagen zwischen 37,8 und 38,4 sich bewegte, nach einem Ritte auf 39,9, ein anderes Mal von 38,1 auf 39,9 und ein drittes Mal von 37,7 auf 39,6. Abgesehen von der Mühe, welche es machen muss, regelmässig stündlich die Temperatur eines Thieres zu bestimmen, sind die putriden Substanzen nicht die einzigen, welche in derselben typischen Weise Fieber erregen. Frisches Eiterserum wirkt genau ebenso, desgleichen das defibrinirte Blut fiebernder Thiere, ja selbst Salzlösungen können den gleichen Effect erzielen, wie solches Kettler und Raeder in ihren auf mein Anregen verfassten Dissertationen entwickelt haben. Die blosse Thatsache, dass einige Stunden nach Injection einer zu prüfenden Flüssigkeit die Temperatur des Versuchsthieres erhöht ist, darf nicht zur Entscheidung, ob die benutzte Flüssigkeit im fraglichen Sinne wirkt oder nicht wirkt, herangezogen werden. Es müssen an dem Hunde noch andere Störungen beobachtet sein.

Bei Injection wenig grösserer, zuweilen auch der gleichen oben genannten Quantitäten tritt nicht sofort, sondern erst zur Zeit des Maximums der Temperatursteigerung Erbrechen ein mit und ohne gleichzeitige Dejection breiiger, selbst flüssiger fäculenter Massen, wonach mit dem Abfall der Temperatur sich das Thier wieder vollkommen erholt. Mit ziemlicher Sicherheit kann man bei diesem Befunde auf eine putride Intoxication schliessen. Dem Erbrechen an sich, dem einmaligen selbst dem mehrmaligen, widerrathe ich eine zu grosse in unserm Sinne entscheidende Bedeutung zu unterlegen, denn das Erbrechen „aus gar keinem Grunde" ist bekanntlich der Hunde Natur. Coincidirt aber das Erbrechen mit einer kurz vorher notirten Temperatur zwischen $40\,^0 - 42\,^0$, so halte ich es allerdings für pathognomonisch. Ich darf indessen nicht unerwähnt lassen, dass bei dem Auftreten dieses Symptomes allerdings zufällige individuelle Verhältnisse eine grosse Rolle spielen. Hatte der Hund z. B. kurz vorher gefressen, so wird es leichter zum Erbrechen kommen, als wenn er vorher gefastet hatte.

Der Symptomencomplex, welcher einer Injection von 4—7 CC. faulenden Blutes folgt, ist im Ganzen unabhängig von individuellen Verschiedenheiten. Allerdings bedürfen für den gleichen schliesslichen Effect — den Tod — grössere Hunde von 50—70 Pfd. etwas grössere Gaben als kleinere von 12—20 Pfd., oder mittelgrosse von 20—50 Pfund.

Schon während der Injection oder wenigstens gleich nachdem sie beendet, kreischen die Thiere wild auf und rütteln krampfhaft an ihren Banden. Aber nach wenigen Secunden schon werden sie meist ganz plötzlich ruhig und liegen da, als wären sie narcotisirt. Die Pupillen sind ad maximum erweitert — der Blick ist stier, die Reflex-Empfindlichkeit der Conjunctiva aber vorhanden. Wieder in kürzester Zeit ($\frac{1}{2}$—2 Minuten) folgen Brechbewegungen, selbst Erbrechen. Das mittlerweile losgebundene Thier ist meist nicht im Stande sich auf seinen Beinen zu erhalten — es schwankt hin und her bis es auf die Seite fällt, oder spreizt alle Viere aus und lässt den Kopf tief hängen. Nach einigen Minuten fängt es sehr frequent zu athmen an. Die Temperatur ist in dieser Zeit schon um 0,5 bis $1{,}5^0$ gestiegen. Gewöhnlich erfolgt nun noch einige Male Erbrechen oder starkes Drängen. Die ersten Tenesmen fördern noch harte Kothmassen heraus, aber schon nach einer halben Stunde handelt es sich um dünnflüssige Ausleerungen. Noch später, 1—3 Stunden darauf, haben diese ihre fäculente Beschaffenheit verloren, sehen rothbraun aus, wie ein Gemenge von Schleim und Blut. Blickt man jetzt auf den Bulbus dieser Hunde, so wird eine Gelbfärbung desselben kaum jemals vermisst werden — bei hell gefärbten Thieren äussert sich auch an der Haut der Icterus. Die Temperatur pflegt hoch zu bleiben, selbst bis zum Tode, die oben erwähnten Ausnahmen raschen Sinkens abgerechnet. Die meisten Hunde, bei welchen sich diese Störungen in wenig Stunden entwickelt haben, gehen unter anhaltenden Diarrhoeen zu Grunde. Dauert es länger, bis es zu den chocoladfarbenen Ausleerungen kommt, oder handelt es sich bloss um fäculente Massen, so ist die Prognose besser. Die Diarrhoe währt 4—10 Stunden und hört dann auf. Der Hund ist jetzt freilich noch sehr matt und appetitlos, erholt sich aber im Laufe des nächsten oder der nächstfolgenden Tage. Während dieser Tage des Unwohlseins sind die Ziffern der Körpertemperatur meist hohe. In andern Fällen ist die Diarrhoe anfangs mässig, nimmt aber immer mehr zu im Laufe der Tage bis das Thier um den 3. oder 6. Tag verendet. Es giebt Fälle, in welchen die anfänglich eingetretene Diarrhoe aufhörte, um neuerdings am Ende des 2. oder 3. Tages wieder zu erscheinen. Je länger das Thier lebt, desto wahrscheinlicher wird es, dass noch andere entzündliche Krankheiten es befallen: Pleuritis, Pneumonie, Phlegmone des Zellgewebes. Die Bedingungen für das Zustandekommen dieser der sogenannten Ichorhämie zugeschriebenen diffusen Entzündungen habe ich noch weiter verfolgen können und werden sie mir Gelegenheit zu ausführlichen Auseinandersetzungen in einem späteren Theile dieser Arbeit geben. Endlich gehen Thiere, die häufig (5—8 Mal) zu vorübergehenden leichtern Infectionen gebracht waren, zuweilen noch an Darmblutungen zu Grunde. Ursache dieser sind dann runde Geschwüre im Pylorus - Theile des Magens, zuweilen auch im Duodenum, deren Entwickelung aus submucösen Extravasaten oft verfolgt werden konnte.

Erstrebt man bei jedem seiner Experimente diesen vollen, in hohem Grade specifischen Symptomencomplex, so opfert man allerdings viel Hunde — und viel Geld! In seinen Schlüssen aber geht man um so sicherer, als man in den meisten Fällen auch dem Beobachtungs-Protocoll den Sectionsbefund hinzufügen kann. Ich beschränke mich hier nur auf die Sectionsergebnisse bei in den ersten zwei mal 24 Stunden unter Diarrhöe zu Grunde gegangenen Thieren.

Die Leichenuntersuchungen an den in der 2. Woche nach den Injectionen, sowie nach wiederholten vorübergehend wirkenden Injectionen zu Grunde gegangenen Thieren bieten so viel Eigenthüm-
liches und für schwebende Fragen in der Chirurgie Wichtiges, dass
ich, wie schon erwähnt, sie einer ausführlicheren Besprechung vorbehalten habe.

In der Regel sind meine Versuchsthiere schon in den ersten
Stunden nach ihrem Tode secirt worden, bevor noch Todtenstarre
eingetreten sein konnte. Fand die Section später statt, so fehlte
auch die Todtenstarre nicht. Das Fettgewebe und die ihm zuge-
kehrte Fläche der Haut waren fast immer icterisch verfärbt; warum
in einzelnen Fällen das Gelb besonders intensiv war, hat sich nicht
ermitteln lassen. Selbst bei spät nach 20 Stunden z. B. vorge-
nommenen Sectionen war das Blut in den grossen Venen des Halses
und der obern Brustapertur flüssig und wie das Blut in den
Herzhöhlen lackfarben, theerartig. In einigen Fällen vermisste ich
auch im Herzen jede Spur eines Coagulums, meistentheils jedoch
fanden sich dunkle weiche Coagula reichlich vertreten. Die Lungen
waren stets vollkommen gesund und durchweg lufthaltig, ihr Blut-
gehalt nicht auffallend. Wie schon erwähnt, sind Infarctbildungen
mir nicht vorgekommen. Etwa vier Mal fanden sich unter der
Pleura pulmonalis zahlreiche punktförmige Ecchymosen. Dieselben
Blutaustretungen sind in ein Paar Fällen auch unter der Pleura
costalis längs den Intercostalgefässen gefunden worden. Das Endocardium war glatt und glänzend, aber ausnahmslos lagen unter dem
Endocardium der linken Kammer grössere — streifen- oder flecken-
förmige — und kleinere Blutextravasate, welche zuweilen fast in
der ganzen Ausdehnung des Ventrikels das Endocardium unterwühlt
hatten. Dem rechten Ventrikel und den Vorhöfen fehlten derartige
Ecchymosirungen immer. Weil dieser Befund mit so ausserordentlicher Constanz auftrat, halte ich ihn bei der Leichendiagnose der
septischen Infection für nicht wenig wichtig. Ich habe in jüngster
Zeit zwei Mal an malignem Erysipel zu Grunde gegangene Kinder
secirt, und bei beiden zahlreiche feine Blutaustretungen unter dem
Endocardium des linken Ventrikels gesehen. Es ist das Vorkommen
der subpleuralen Ecchymosirungen in Obductionsbeschreibungen Sep-
ticämischer häufiger als das der subendocardialen erwähnt worden
— desgleichen werden erstere bei allen Krankheiten mit supponir-
ter Blutzersetzung, Typhus wie Rinderpest, angeführt. Die Abbil-
dungen von bei Rinderpest gefundenen Störungen geben indess auch

Herzen wieder, bei denen die gewaltige Ausdehnung der subendocardialen Extravasate überrascht. Ganz colossal sind sie bei Pfer-
den, doch gehört die Erwähnung dieser Umstände in einen andern
Theil meiner Arbeit.

Der wichtigste Leichenfund ist der am Darme. Die Affection
des Darmtracttus scheint unmittelbar nach der Beibringung der putriden
Substanz angelegt zu werden. Es sind mir einige Thiere, noch
ehe sie vom Operationstisch entfernt waren, in wenigen Minuten
zu Grunde gegangen. Oeffnete ich alsdann sofort den Magen und
Darm, so fand ich unverkennbare lebhafte Hyperämie einzelner
Stellen der Schleimhaut. Lebten die Thiere etwas länger, so war
neben dem intensiven Roth der Schleimhaut auch die Auflockerung
— Schwellung — deutlich. Ich betrachte es als Regel, dass die
geringern Grade der Störung niemals das ganze Darmrohr occupiren
— sondern immer nur an einzelnen Stellen uns in verschiedener
Entwickelungshöhe der Krankheit begegnen. Die häufigsten dieser
Stellen sind: der Pylorus-Theil des Magens, das Duodenum, obere
Schlingen des Jejunum, das Rectum, Coecum und Colon. Immer
sind mehrere der eben genannten Stellen gleichzeitig krank. Bei
etwas verbreiteter Affection sind die Därme mit einem röthlichen
dicken Schleime erfüllt — der allerdings sehr dem rosarothen Reis-
wasser der Cholerastühle gleicht. Je weiter abwärts im Darmtractus,
desto dunkler wird die Farbe dieses pathologischen Inhalts — bis
sie im Dickdarm in ein dunkles Braunroth genau wie bei den zuletzt
producirten Dejectionen übergeht. Die Transsudation in die Darm-
lichtung ist eine massenhafte. Sind grössere Abschnitte des Darms
erkrankt, so haben vorzugsweise Magen, oberer Abschnitt des Dünndarms, Colon und Rectum gelitten — ganz frei oder am geringsten
afficirt ist der mittlere Theil des Dünndarms. Die entzündliche
Röthung und Schwellung ist auf der Höhe der Falten immer am
bedeutendsten, so dass der Kamm derselben dunkelroth, gradezu
melanotisch sich ausnimmt. Hier und da liegen Extravasate in
die Schleimhaut eingesprengt. Dieselben sind am reichlichsten vertreten im Pylorus-Theile des Magens, wo sie — ihre runde Form
weist darauf hin — vielleicht den Drüsen eingebettet sind. Aus
diesen Extravasaten habe ich die Hervorbildnng runder Geschwüre
verfolgen können. Endlich fehlen Blutaustretnngen anch nie den
Längsfalten des Colon. Ich habe daher in Fällen, wo die putride
Intoxication ein oder einige Male glücklich überstanden war, wenn
später das betreffende Thier zu Grunde ging, im Dickdarm lange

dunkel pigmentirte Streifen — die Rückbildungen der Extravasate — gesehen. Je hochgradiger und je verbreiteter diese wahre Gastro-Enteritis, desto mehr Fetzen abgestossenen Epithels sind dem Darminhalte beigemengt und desto mehr Excoriationen und Exfoliationen weist die Schleimhaut. Ganz gewiss leiden auch die verschiedenen Drüsen, wie Stich und Hemmer solches beschrieben haben, — indess selbst bei sehr bedeutender diffuser Darmentzündung habe ich doch einzelne Peyer'sche Plaques unverändert gefunden. Ausnahmslos sind wol Drüsenschwellungen und Berstungen im Pylorus-Theile des Magens und an der Mündungsstelle des Ileum ins Coecum wahrzunehmen. In den schlimmsten Fällen ist der ganze Darmtractus von der Cardia bis zum After Sitz der geschilderten gleichmässig hochgradigen Enteritis. Die von verschiedenen Experimentatoren behauptete crupös-diphtheritische Affection dieser höhern Grade der Enteritis ist mir nicht in voller Deutlichkeit zur Beobachtung gekommen — es hat mir geschienen, dass die abstreifbaren gelblichen Fetzen nur aus in zusammenhängenden Stücken abgelöstem Epithel bestanden. Will man der Darmentzündung kurz eine nähere Bezeichnung zufügen, so mag der Ausdruck Enteritis hämorrhagica wol der geeignetste sein. Die Darmwandungen sind durch oedematöse Infiltration verdickt. Eine entzündliche Reizung der Serosa fehlt — nur dass spärliche Blutaustretungen hier und da in ihr vorkommen. Wo nur die Darmaffection einigermassen ausgebreitet war, fiel die starke strotzende Füllung der Mesenterialgefässe auf. Offenbar ist diese Füllung Veranlassung von einzelnen Sugillationen in dem Mesenterium, besonders aber im Netze. Im Netze zählte ich einige Male mehr als 30 Blutaustretungen. In der Umgebung dieser Extravasate des Omentum fand sich zuweilen ein leichter exsudativer Beschlag oder eine Verklebung mit angrenzenden Darmschlingen, nur zwei Mal acut exsudative diffuse Peritonitis. Das Exsudat sah schmutzig-braun aus, enthielt Fibrin-Flocken und maass wol gegen 100 CC. Die Mesenterialdrüsen sind nicht immer, aber sehr gewöhnlich geschwellt. Ihre Durchschnittsfläche sicht graulich aus, lässt bei Druck einige Tropfen Serum herausquellen und ist bunt durchsetzt von kleinen Extravasaten. Nächst dem Darme sitzen die bedeutendsten Störungen in der Milz. Ich darf freilich nicht unerwähnt lassen, dass etwa in einem Achtel meiner Fälle die Milz scheinbar gesund angetroffen wurde. In den meisten Fällen ist sie von scharf begrenzten runden, meist haselnussgrossen Extravasaten durchsprengt. Dieselben stellen wahre hämorrhagische

Infarcte vor. Liegen sie an der Peripherie, so bilden sie prominirende blaurothe Buckel, über denen der Milzüberzug trübe, zuweilen leicht belegt ist. Ich habe mehrere Male gegen 40 solcher Infarcte in einer Milz gefunden. Da embolische Störungen in den Lungen in den 180 Sectionen, die ich gemacht, niemals gefunden, andere embolische Störungen gleichfalls ausgeschlossen wurden, darf ich keinen Anstand nehmen den hämorrhagischen Milzinfarct als von der Embolie unabhängige Erscheinung anzusehen. Es soll auch dieser Punkt in später folgenden Kapiteln eingehender besprochen werden. Etwa wieder in einem Achtel meiner Beobachtungen war die Milz bedeutend geschwellt, fast noch einmal so gross als die gesunde Milz eines gleich grossen Hundes und alsdann immer zerfliessend weich, genau wie bei den acuten Milzschwellungen anderer Infectionskrankheiten. Ueber Leber und Nieren habe ich zunächst nichts weiter anzuführen, als dass beide Organe stets sich durch Hyperämieen höhern Grades auszeichneten. Der Harn war immer hell und klar, trotzdem einige Male in der Blasenschleimhaut Extravasate lagen. So oft ich die Schädelhöhle öffnete, was allerdings nicht immer geschehen ist, habe ich an Hirn und Hirnhäuten Abnormitäten nicht constatiren können. Vergleiche mit Cadavern anderer nicht an septischer Vergiftung zu Grunde gegangener Hunde haben mir zu wiederholten Malen den Beweis geliefert, dass die Leichenimbibition und Fäulniss bei meinen Versuchsthieren ungleich rascher vor sich ging, als z. B. bei erhängten Hunden. Die strotzende Füllung sämmtlicher Venen, besonders aber der des Unterleibes, die reichliche Transsudation ins Darmrohr, sowie die zahlreichen Ecchymosirungen dürften dieses Phänomen erklären, ohne dass man die specifische Blutalteration herbeizuziehen genöthigt wäre.

Ausser an Hunden habe ich zuweilen auch an Fröschen experimentirt. Für Erkenntniss des nähern Hergangs der in Rede stehenden Vergiftung sind die Frösche ganz besonders geeignete Versuchsobjecte. Ich werde mich auf diese Experimente daher besonders in dem zweiten Abschnitte meiner Arbeit, welcher der Kenntnissnahme der Vergiftung gewidmet sein soll, zu beschäftigen haben. Hier sei nur erwähnt, dass eine viertel bis eine halbe Stunde nach Injection von 1 CC. faulenden Bluts unter die Rückenhaut des Frosches grosse Unruhe und deutliche Brechbewegungen folgen. Die Rachenhöhle der Frösche ist mit schleimiger Masse erfüllt. Im Verlaufe der nächsten halben Stunde tritt Lähmung der Empfindlichkeit ein, so grosse Apathie, dass man die

Extremitäten zerquetschen kann, ohne dass eine Zuckung oder ein Entfliehen versucht werden sollte. Dennoch ist das Bewegungsvermögen überhaupt nicht gelähmt, der Frosch springt zuweilen, wenn auch nur matt und träge. Endlich wird der Herzschlag immer langsamer, steht viele Minuten still und verendet das Thier unter krampfhaften Streckungen der Extremitäten in 1—3 Stunden. Die frühzeitige Eröffnung des Unterleibes zeigt eine auffallende Injection der Darmgefässe.

Indem ich die Details der anatomischen Untersuchungen, besonders aber die Abweichungen im Sectionsbefunde spät nach der Injection verstorbener Thiere, einer spätern eingehenden Besprechung vorbehalte, sei nochmals erwähnt, dass vorstehende Beschreibungen lediglich den Zweck hatten das hervorzuheben, worauf es meiner Ansicht nach bei der Diagnose, resp. Feststellung des Vorhandenseins einer putriden Vergiftung, wesentlich ankommt. Daher habe ich sie den nachfolgenden Versuchsreihen voranstellen müssen.

Erste Versuchsreihe.

In meinen ersten Versuchen mit faulendem Blute und Macerationswasser bin ich zeitweilig von den Herren Raison, Weidenbaum und Schmitz unterstützt worden. Detaillirte Schilderungen vieler hier erwähnter Experimente finden sich daher in den Dissertationen der genannten Herren, welche meine Versuche controllirten, ergänzten und erweiterten.

Das faulende durch ein Leintuch colirte Blut reagirt stark alkalisch. Noch im 4. Monate der Fäulniss zeigt es im Spectrum die Hämoglobin-Streifen. Beim Neutralisiren mit Essigsäure bilden sich feinkörnige krümlige Gerinnsel und braust die Flüssigkeit lebhaft auf. Zusatz von Natron-Lauge entwickelt schon in der Kälte Ammoniak.

Das Quantum faulenden Blutes, welches zur Zeit der weiteren Benutzung den Tod eines grossen Hundes rasch bewirkte, betrug 16 CC.

Nach Ausscheidung der Coagula durch Essigsäure - Zusatz trat der Tod unter den charakteristischen Diarrhöen erst nach 25 CC. ein.

Natron-Zusatz ($^1/_4$ Theil) bildete, wenn das Blut vorher verdünnt worden war (1 Thl. Blut, 2 Thl. Wasser), in der Wärme (35—40°) kein Natron-Albuminat, wol aber hatte die jetzt fadenziehende syrupöse Flüssigkeit ihre rothbraune Farbe in eine schmutzig grünliche geändert und waren die Hämoglobinstreifen verschwunden. Die Stärke der Wirkung wurde durch diese Behandlung und Veränderung nicht alterirt. Aus unverdünntem faulendem Blute entsteht bei Natronlaugen-Zusatz ($^1/_4$ Thl. auf 1 Thl.) in der Wärme weiches gallertiges Natron-Albuminat nur sehr allmählig.

250 CC. desselben faulenden Blutes mit Essigsäure schwach angesäuert und über freiem Feuer ein Paar Mal aufgekocht, gerannen fast vollständig. Beim Coliren durch ein Leintuch liess sich eine klare, lichtbraune, sauer reagirende Flüssigkeit durchpressen.

Dieselbe wurde im Reagensglase nach sorgfältigem Neutralisiren durch Kochen und Zusatz von Salpetersäure getrübt. Da das Blut kaum 20 Minuten auf dem Feuer gestanden hatte, konnte ich etwaige Verluste durch Evaporation vernachlässigen und die durchgepresste Flüssigkeit als entsprechend den 250 CC. faulenden Blutes minus coagulable Eiweisskörper ansehen. Diejenige Quantität, welche vorher tödtlich gewirkt hatte, 25 CC. vermehrt noch um 5 CC. wurde einem grossen Hunde in die Jugularis gespritzt. Bis auf eine durch wiederholte Messungen constatirte Temperaturerhöhung blieben weitere Störungen aus. Selbst als 60 CC. einem kleinen Hündchen injicirt waren folgten bloss Temperatursteigerung, 24 Stunden während Diarrhoe aber nicht der Tod. Die Wiederholung dieser Versuche durch Schmitz (Arnold Schmitz: Zur Lehre vom putriden Gift, Diss. inaugrl. Dorpat, 1867. Exp. 12—16) gab gleiches Resultat. Das Neutralisiren oder Ansäuern des faulenden Blutes mit Essigsäure schwächt dessen Wirkungen um fast das doppelte, das blosse Aufkochen um viel mehr als das vierfache.

Anders schien sich das Macerationswasser zu verhalten. (Cf. Emil Weidenbaum: Experimentelle Studien zur Isolirung des putriden Giftes. Dorpat, 1867. Exp. 1—8). Die Wirkung der neutralisirten und dann aufgekochten Flüssigkeit war so eclatant, dass eine Verminderung der Wirksamkeit nicht vorzuliegen schien. Die Menge durch das Kochen ausgeschiedener Coagula war gering. 6 Litres des Filtrats dieses gekochten Macerationswassers wurden in einem gewöhnlichen Wasserbade drei Tage hindurch zu 240 CC. eingedampft, wobei zahlreiche später sich nicht wieder lösende Flocken ausschieden. Zusatz von 750 CC. Wasser zu 30 CC. der concentrirten 240 CC. brachten diese zum früheren Verdünnungsgrade — allein nicht zur frühern Wirksamkeit. Während sonst nach Gaben zwischen 12—20 CC. der Tod kleiner Hunde sicher eintrat, führten jetzt 30—60 CC. nur zu vorübergehenden leichten Störungen (Erbrechen, fäculente Durchfälle). Solches ist in mehreren Experimenten von Weidenbaum bestätigt worden, Exp. 9, 10, 15, 16. Die verhältnissmässig zahlreichen Experimente erwiesen zur Evidenz, dass die Wirksamkeit putrider Substanzen durch längeres Eindampfen derselben bei höherer Temperatur und Zutritt athmosphärischer Luft sehr bedeutend vermindert wird.

Für den weitern Gang der Untersuchung (Behandlung mit Fällungsmitteln, Veränderung des Lösungsmittels u. s. w.) musste dringend ein Concentriren der Flüssigkeit verlangt werden. Das

Verdunsten im Wasserbade war mit zu grossen Verlusten verbunden. Es musste eine andere Methode gewählt werden, bei welcher wo möglich mit Concentration der Flüssigkeit sich auch Concentration der Wirksamkeit verband. Der Versuch das Eindampfen bei niederer Temperatur und Ausschluss der Luft vorzunehmen, schien am meisten zu versprechen. Hierzu stellte mir Prof. Dragendorff freundlichst den im pharmaceutischen Institute befindlichen Lentz-schen Vacuum-Apparat zur Disposition. Der Apparat gestattet das Abdampfen bei 40° C. und sammelt zudem noch das Destillat, in welches durch Hinüberspritzen bei zufällig stärkerem Kochen allerdings Theile der zu evaporirenden Flüssigkeit gelangen können. 6 Litres des Macerationswassers wurden im Apparat zu 225 CC. condensirt. 60 CC. des Destillats blieben an einem mittelgrossen Hunde fast ohne Wirkung. Zu 10 CC. der 225 CC. Rückstand mussten 257 CC. hinzugesetzt werden, um den ursprünglichen Concentrations-grad herzustellen. Von diesen 257 CC. erzeugten schon 12 deutliche Wirkungen, selbst Durchfälle, welche nach 75 CC. sogar mehrere Tage andauerten — aber mit Genesung des Thieres endeten. (cf. Weidenbaum, Exp. 31—35). War auch hier eine Abschwächung unverkennbar, so schien sie doch geringer zu sein als beim Concentriren in offenen Gefässen unter höheren Wärmegraden.

Die aus schwach angesäuertem faulendem Blute nach dem Coaguliren durch Kochen vermittelst Coliren gewonnene Flüssigkeit wurde in einer Menge von 2 Litres in den Vacuumapparat gebracht. Während des Eindampfens schieden neuerdings den coagulirten Eiweissstoffen ähnliche bröcklige erdige Massen aus — so dass vom Gesammtrückstande, welcher 300 CC. maass, nur 150 CC. Flüssigkeit abfiltrirten. Das Ausgeschiedene löste sich nicht im Wasser.

10 CC. dieser 150 CC. wurden einem grossen Hunde in die Saphena gespritzt. Gleich nach dem Losbinden heftiges Erbrechen, das sich später noch einige Male wiederholt. Tenesmen. Wenige breiige Dejectionen. Nach 8 Stunden schon scheint das Thier gesund.

Die benutzten 10 CC. entsprechen 135 CC. der in den Apparat gethanen Flüssigkeit; von dieser hatten aber schon 60 genügt, um an einem Hunde schwere Zufälle, 24 Stunden lang während Diarrhoe, zu verursachen — mithin hat auch die Wirkung dieses Fluidums eine erhebliche Abschwächung erlitten. Ein ähnliches Resultat hat Schmitz, Exp. 17—27 notirt.

Das Destillat, welches der Apparat lieferte, war in einer Menge von 24 CC. (cf. Schmitz, Exp. 29) unwirksam.

Wenngleich sowol an dem aus dem Blute als auch dem Macerationswasser gewonnenen Materiale die nämliche Erfahrung gemacht worden war, dass statt der beabsichtigten Concentration des putriden Giftes eine erhebliche Abschwächung seiner Wirksamkeit eintrat, lag doch in den 140 CC. ein Fluidum vor, das zu weitern Versuchen einzuladen schien. Ein Zusatz von Alkohol nämlich erzeugte eine Anfangs diffuse Trübung, die später zur Abscheidung eines reichlichen flockigen Niederschlages führte. Die hierdurch gegebene Möglichkeit, die dargestellten immerhin noch deutlich wirkenden Lösungen zu zerlegen, wurde weiter verfolgt.

Die eben erwähnten 140 CC. versetzte ich mit dem dreifachen Volum 95^n Alkohols. Nach Abfiltriren des Alkohols und flüchtigem Trocknen des auf dem Filter gesammelten Niederschlages zwischen Fliespapier löste sich der grösste Theil desselben in 140 CC. Wasser. Der ungelöste von der Lösung getrennte Antheil bestand aus einem trocknen sandigen Pulver von phosphorsaurer Ammoniak-Magnesia.

Die Lösung habe ich zu wiederholten Malen ein und demselben grossen Schäferhunde injicirt — und zuletzt allerdings den Hund zum Tode geführt.

Den 19. April 1867 9 Uhr Morgens erhielt er 30 CC. in die Saph. dxtr. Sofort grosse Prostration, Stöhnen, schmerzhaftes Drängen. Um $11\frac{1}{2}$ Uhr neue Injection von 30 CC. in die Cephalica sin. Eine halbe Stunde später Erbrechen, Speichelfluss, weiche breiige Fäces. Um 1 Uhr wiederholte Entleerung breiiger Fäces und Erbrechen. Um 4 Uhr, als der Hund munterer erscheint, wieder eine Injection von 30 CC. Um 6 Uhr Injection des Restes. Am folgenden Morgen, nachdem in der Nacht keine Ausleerungen eingetreten waren, trank das Thier noch die vorgesetzte Milch — aber schon um 11 Uhr trat wieder Erbrechen ein, bald darauf heftige Tenesmen und dünnflüssige chocoladfarbene Ausleerungen bis zum Tode in der Nacht vom 20. auf den 21. Die Darmschleimhaut war nur im Duodenum und Rectum Sitz hämorrhagischer Entzündung. Unter dem linken Endocardium zahlreiche Ecchymosen. In der mürben Milz sechs blutige Infarcte.

Das alkoholische Filtrat ist nicht geprüft worden.

500 CC. Macerationswasser wurden im Wasserbade auf 50 CC. gebracht und alsdann mit dem doppelten Volum Alkohol versetzt. $\frac{1}{2}$ grmm. des flüchtig bei niederer Temperatur getrockneten Rückstandes ward in 250 CC. Wasser gelöst. Von dieser Lösung erhielt ein Vorsteherhund 56 CC. in die Saphena. Nach $\frac{1}{2}$ Stunde Er-

brechen, das sich in den folgenden Stunden etliche Male wiederholt. Das Thier liegt bis zum andern Morgen matt auf der Seite, erholt sich aber in der Folgezeit vollständig. Ein kleiner schwarzer Hund erhielt 84 CC. derselben Flüssigkeit. Nach einer Stunde Erbrechen, Diarrhoe — noch am folgenden Tage breiige blutige Fäces. Das Macerationswasser wirkte, wie schon oben erwähnt, in einer Gabe von 12—20 CC. tödtlich, mithin enthält der durch Alkohol erzeugte Niederschlag nur den kleinsten Theil der in dem Macerationswasser vertretenen wirksamen Bestandtheile.

Das alkoholische Filtrat ist auch hier nicht geprüft worden.

Aehnlich ist das Resultat in den Experimenten 36—43 von Weidenbaum. Zu denselben wurde das im Vacuumapparat eingedampfte Macerationswasser mit dem doppelten Volumen Alkohol versetzt. Der voluminöse Niederschlag ist zunächst nicht geprüft, sondern zu weitern Versuchen verwandt worden. Er enthielt entschieden wirksame Theile, doch nur in verhältnissmässig geringer Menge.

Das alkoholische Filtrat dampfte bei einer Temperatur von 40° zur völligen Trockne ein. So viel von demselben sich löste, erhielt ein grosser Hund in die Vena cephalica. Bis auf Temperatursteigerung mit nachfolgenden dunklen breiigen Dejectionen, ist nichts Krankhaftes beobachtet worden.

Die nächste Folgerung aus diesen letzten Versuchen scheint keine günstige. Sowol im darüber stehenden Alkohol, als dem durch den Alkoholzusatz erzeugten Niederschlage fand sich geringe, doch unverkennbare Wirksamkeit.

Meine Aufmerksamkeit hat sich in Folgendem vorzugsweise dem durch Alkohol erzeugten Niederschlage zugewandt — wol weil ich einige Male in diesem Präcipitate stärkere Wirkungen fand, als oben erwähnt ist. Ein halber grmm. z. B. desselben (gewonnen durch Alkoholzusatz zu dem im Wasserbade concentrirten Macerationswasser) bewirkte an einem kleinen Hunde schon nach einer halben Stunde Erbrechen, 4 Stunden später Durchfälle, welche den folgenden Tag fortbestanden und reichliche Blutbeimischung zeigten.

120 CC. des aufgekochten Blutes, also die doppelte Menge der schwere, lange dauernde Zufälle erzeugenden 60 CC., versetzte ich mit zwei Mal so viel Alkohol von 90° Tr. So viel von dem Präcipitate sich in 18 CC. Wasser löste, erhielt ein grosser Hund in die Saphena. Die Temperatur desselben stieg von 39,2 auf 40,8. Nach

2 Stunden erbrach das Thier und deponirte nach etwa 4 Stunden weiche Fäces. Ueber Nacht hatte es sich wieder vollständig erholt. Enthielt hiernach der Niederschlag auch entschieden wirksame Theile, so doch lange nicht die ganze wirksame Masse, aus den in Angriff genommenen 120 CC., sondern bestimmt weniger als die Hälfte dieser.

Eine grössere Quantität faulenden Blutes hatte ich neutralisirt, gekocht, colirt, im Vacuumapparat concentrirt und mittelst der dreifachen Menge Alkohol ausgefällt. Der voluminöse graue Niederschlag, welcher sich rasch zu Boden setzt, wird vom drüberstehenden Alkohol durch Filtration getrennt und, nachdem er zwischen Fliesspapier getrocknet, in die Glocke eines Dialysations-Apparates gebracht. Die Glocke ist durch ein starkes Pergamentpapier abgesperrt. Nach zweitägiger Diffusion wird das Diffusat an einem grossen Hunde geprüft. Injection von 30 CC. in die V. cruralis. Temperatur vor der Operation 39,1 und zwei Stunden später an dem ruhig daliegenden Thiere 42,9. Mühsames frequentes Athmen, Stöhnen, Drängen, einmaliges Erbrechen. Am andern Morgen Temperatur 38,8, Appetit gut. Bei täglicher Erneuerung des aussen stehenden Wassers wird der Diffusions-Versuch 8 Tage lang unterhalten. Das Diffusat enthält Schwefelsäure und Chlorverbindungen nur spurenhaft, dagegen viel Phosphorsäure — selbst am 7. Tage noch in beträchtlicher Menge. Die in der Glocke befindliche Flüssigkeit war bis zum 8. Tage klar geblieben. Ich filtrirte sie und setzte auf's Neue Alkohol hinzu. Der Zusatz des ersten Volums Alkohol erzeugte eine kaum merkliche, der des zweiten eine schon etwas stärkere Trübung; erst der des fünften besorgte die Ausscheidung. Der Alkohol filtrirte von diesem Sediment ausserordentlich langsam ab — erst am 4. Tage war die Filtration beendet. Das Filtrat sah etwas trübe aus, ohne dass sich im Laufe der Zeit ein Bodensatz gebildet hätte. Die auf dem Filtrat gesammelte Masse sah gequollenem Stärkemehl nicht unähnlich — sie wurde zwischen Fliesspapier vom letzten Reste des Alkohols befreit und wieder in den Dialysator gebracht. Ziemlich rasch trat die zur Lösung genügende Flüssigkeit hinein. Die Diffusion wurde neun Tage lang mit täglich einmaliger, selbst zweimaliger Erneuerung des Wassers unterhalten. Die austretende Flüssigkeit enthielt zuerst reichlich, später kaum Spuren von Phosphorsäure. Sie ist nicht weiter geprüft worden. Auffallend rasch trübt sich das Diffusat an der Luft — ein Zeichen seines Gehaltes an organischer Substanz.

Die in der Glocke eingeschlossene Lösung ward auf's Neue mit Alkohol versetzt, ein Niederschlag entstand aber selbst bei Anwendung des 9-fachen Volumens nicht. Der milchig-trübe Alkohol klärte sich beim Durchgehen durch ein doppeltes Filtrum aus Berzelius Papier, während auf dem Filter eine wasserhelle Gallerte sich sammelte. Das Filtriren nahm 18 Tage in Anspruch, so langsam ging der Alkohol durch! Endlich konnte die Gallerte getrocknet werden. Nach 24-stündiger Quellung im Wasser hatte sie sich vollständig noch nicht gelöst — indess führte ein leichtes Erwärmen auch den Rest in die Lösung über, ohne dass später beim Erkalten wieder Gelatine ausgeschieden wäre. Die wässrige Lösung ging rasch durchs Filter. In neutraler Lösung gab Essigsäure einen voluminösen Niederschlag, der sich im Ueberschusse des Fällungsmittels löste. Salpetersäure verhielt sich ähnlich. Neutrales essigsaures Bleioxyd ebenso wie basisch essigsaures Bleioxyd bewirkten Niederschläge, desgleichen Quecksilberchlorid und Gerbsäure. Bei Zusatz von Ferrocyankalium zur sauren Lösung entstand ein Niederschlag.

Einen Theil dieser aus dem Dialysator stammenden Flüssigkeit erhielt ein kleiner bunter Hund in die Vena crural. Eine Stunde später Erbrechen, welches sich einige Male wiederholt. Nach 1½ Stunden flüssige Fäces, die in schleimig-blutige Ausleerungen übergehen. Die Diarrhoe dauert bis zum Tode nach 36 Stunden. Die Milz ist von etwa 30 kleinern und grössern Extravasaten durchsetzt, sichtbarlich geschwellt und weich. Hochgradige Entzündung des Magens, besonders im Fundus. Der Pylorus-Theil relativ wenig, das Duodenum wieder sehr bedeutend afficirt, bedeckt mit scheinbar diphtheritischen Schorfen. Diese croupös-hämorrhagische Entzündung macht in den untern Schlingen des Ileum einfacher Hyperämie Platz. Das Colon ist ziemlich normal, stellweise roth durch Injection und Schwellung gesprenkelt, die Schleimhaut des Rectum auf der Höhe der Falten von striemenförmigen Extravasaten besetzt. Das Experiment wiederholte ich an einem grössern Hunde mit geringerer Dosis. Nach 2 Stunden Erbrechen und breiige Ausleerungen. Später Tenesmen und wiederholtes Erbrechen. Am folgenden Morgen scheint das Thier gesund und munter.

Die noch disponible Portion der in Rede stehenden Lösung fällte ich mit Essigsäure so vollkommen als möglich und schied den Niederschlag aus. Das schwach saure Filtrat wurde mit Ammoniak neutralisirt. Eine dem Volumen nach derjenigen Lösung,

welche soeben einen Hund getödtet hatte, gleiche Quantität erhielt
ein dem umgekommenen ähnlich gestalteter Hund in die Cruralis.
Nach 2 Stunden Temperatursteigerung um 2° und dreimaliges Erbrechen sowie Dejection flüssiger Fäces. Erbrechen und Durchfälle
wiederholen sich noch am nächstfolgenden Tage, doch enden sie
mit Genesung, obgleich noch am 3. Tage der Hund sein Fressen
nicht anrührte. In dem diesem Experimente dienenden Fluidum
gab Ferrocyankalium mit Essigsäure keinen Niederschlag. Kochen
mit Essigsäurezusatz und ohne denselben bewirkte keine Trübung.
Beim Erhitzen mit concentrirter Salpetersäure trat schwache Gelbfärbung auf, die bei nachherigem Neutralisiren mit Ammoniak etwas
deutlicher wurde. Gerbsäure erzeugte in genau neutralisirter Lösung einen nicht unbedeutenden Niederschlag.

Auch Weidenbaum hat den durch Alkohol im Vacuum-
apparat-Rückstande des Macerationswassers entstandenen Niederschlag dialysirt (Exp. 39—43). Das Diffusat war unzweifelhaft
wirksam. Ein grosser Vorsteherhund erhielt einen Theil desselben
in die V. saphena. Nach drei Stunden war seine Temperatur von
39,8 auf 40,6 und nach vier Stunden auf 41,4 gestiegen. Mehr-
mals kam es zum Erbrechen und zu breiigen Dejectionen. Dasselbe Thier erhielt nach Verlauf zweier Tage, in denen es sich
wohl befunden, eine etwas grössere Portion des Diffusats. Es folgten
Temperatursteigerung von zwei Grad und schon eine Stunde nach
der Operation Erbrechen, das noch in der vierten Stunde sich wiederholte. Aber zum mindesten ebenso wirksam verhielt sich der
Theil des in Untersuchung genommenen Präparats, welcher sich
innerhalb der Glocke gelöst hatte. Ein mittelgrosser Hund erhielt
eine nicht unbedeutende Portion davon in die V. jugul. Gleich
nach der Operation stellte sich Erbrechen ein, später gingen breiige
Fäces ab.

Zu einem analogen Ergebnisse führten auch die Experimente
17—20 Weidenbaums.

In offenen Gefässen und über freiem Feuer concentrirtes Macerationswasser wurde mit dem doppelten Volum Alkohol versetzt,
wobei ein reichlicher flockiger Niederschlag herausfiel. Die alkoholische Lösung, von dem Niederschlage abfiltrirt, wurde im Wasserbade zur Trockne eingedampft und der Rückstand neuerdings mit
Alkohol extrahirt. Dieses zweite alkoholische Extract, durch Abdampfen vom Alkohol befreit und in eine wässrige Lösung übergeführt, diente zu einem Versuche, von dem leider durch zufällige

Vergendung des Protocolles die Details fehlen. So viel mir erinnerlich, blieben eclatantere Wirkungen aus. Der durch Alkohol erzeugte Niederschlag äusserte, zu mehreren Experimenten verwandt, unverkennbare Wirkungen.

Obgleich aus Quantitäten faulenden Blutes, welche mehr als ein Tausend Hunde hätten tödten können, zuletzt nur Spuren wirksamer Substanz gewonnen waren, obgleich auch hier den gefällten gleichermassen wie den in Lösung gebliebenen Theilen Wirkungen zukamen, resultirt aus dem eben Niedergelegten doch manches von Wichtigkeit. So vor allen Dingen die Erfahrung, dass die wirksame Substanz diffusibel ist. Die Wirkung der Diffusate war zu wiederholten Malen constatirt worden (vergl. auch Weidenbaum, Exp. 26, 27, 28). Die Wirkungen der Diffusate waren schwache, aber die Lösungen in den Diffusaten sind diluirte, die im Dialysator vertretenen concentrirte. Desswegen war die Thatsache der Wirkung des Diffusats immerhin eine überraschende. Ferner fiel mir schon bei diesen Experimenten auf, dass Lösungen sich wirksam verhielten, welche die gewöhnlichsten Reactionen der Proteïnkörper nicht gaben.

Das Unvollkommene der Trennungsversuche vermittelst Niederschlagen und Lösen ist eine Thatsache, welche im Verein mit einer zweiten, der Abschwächung in der Wirksamkeit durch jeden in den untersuchten Flüssigkeiten erzeugten Niederschlag, mir positive Weisungen für das Verfolgen meiner Aufgabe geben musste.

Die eclatanteste Abschwächung wird dem „putriden Gifte" durch die erste Ausscheidung der coagulablen Albuminate zu Theil, nächstdem fand durch das Eindampfen und das dabei stattfindende Ausfallen später sich nicht wieder lösender Krümeln und Flocken eine neue hochgradige Schmälerung der Wirkamkeit statt. Das vom Alkohol-Zusatz abhängige Präcipitat brachte der Wirkung wiederum Abzüge, denn die nach Abdampfen des alkoholischen Filtrats dargestellte Substanz hatte in dem einen Male wenigstens, von welchem oben referirt ist, nur schwache Wirkungen verursacht.

Da der durch Alkohol erzeugte Niederschlag deutlich Träger der Wirkungen war, glaubte ich im Alkohol ein Fällungsmittel für das putride Gift gefunden zu haben — allein diese Auffassung musste zweifelhaft werden, sowie den schon vor dem Alkoholzusatze bei der erwähnten Behandlung (Kochen und Eindampfen) entstandenen Präcipitaten aus faulendem Blute gleichfalls Wirkungen zukamen. Dass solches der Fall, lehrten folgende Versuche.

Die krümligen Coagula aus dem gekochten, zuvor angesäuerten, Blute wurden bei gelinder Wärme in der Nähe eines Ofens getrocknet, bis sie zu einem zerreiblichen Pulver zerfielen. Alsdann rührte ich sie mit Wasser an, filtrirte und injicirte einen verhältnissmässig bedeutenden Theil des Filtrats einem kleinen Hunde. Sofort vorübergehende Betäubung, wiederholtes Erbrechen, endlich Durchfälle, die 24 Stunden andauern. Die beim Eindampfen im Vacuumapparat gewonnenen Sedimente trocknete ich an freier Luft in einem der Sonne ausgesetzten Gefässe. Das zu Staub zerfallende Pulver mit Wasser ausgewaschen gab dem Waschwasser etwa ebenso viel Wirksames ab, als jene Coagula, von denen eben berichtet ist, abgegeben hatten. Ich darf hier nicht unerwähnt lassen, dass in andern Fällen, in welchen ich dieses Trocknen bei hohen Wärmegraden besorgt hatte, das zum Auswaschen verwandte Wasser keine Wirkungen äusserte.

Versuche in den benutzten Flüssigkeiten durch neutrales essigsaures Bleioxyd Niederschläge zu erzeugen, lehrten mich, dass auch aus diesen Niederschlägen Wirksames gewonnen werden konnte, ohne dass desshalb die betreffenden Filtrate sich wirkungslos verhalten hätten (cf. Weidenbaum, Exp. 23—28). Sowol das aus dem Niederschlage als das aus dem Filtrat Erhaltene blieb in seiner Wirkungsintensität weit hinter derjenigen zurück, welche dem benutzten Macerationswasser vor der Bleibehandlung zukam. Zu ähnlichen Schlüssen kommt Schmitz mit basisch essigsaurem Bleioxyd (Exp. 30—35). Schmitz hat ferner filtrirtes und mit Wasser verdünntes faulendes Blut mit Gerbsäure behandelt. Die Gerbsäure schien die wirksamen Bestandtheile fast vollständig zu fällen, indem das Filtrat nur noch geringe (fiebererzeugende) Wirkungen entfaltete. Aber auch die nach Entfernung des Fällungsmittels aus dem Niederschlage dargestellte Flüssigkeit rief nur unbedeutende Störungen hervor. Kaliumeisencyanür schlug aus faulendem Blute das Gift völlig nieder, das Filtrat verhielt sich ganz wirkungslos — allein der aus dem Niederschlage dargestellten Lösung gehörte nur eine sehr geringe Wirksamkeit. Nach Zusatz von salpetersaurem Quecksilberoxydul war das Filtrat unwirksam, doch auch der Niederschlag gab, nach seiner Zersetzung mittelst Schwefelwasserstoffgas, dem Wasser nichts Wirksames ab.

Gesetzt wie Alkohol, Blei, Gerbsäure hätten sich auch andere Körper, welche in den benutzten Lösungen des putriden Giftes Niederschläge bewirkten, verhalten — so wäre klar, dass Alkohol,

Blei etc. nicht wegen ihrer chemischen Verwandtschaft zum inqui-
rirten Stoffe die Fällung bewirkten, sondern dass derselbe von den
Verbindungen jener Zusätze mit andern gleichzeitig in der Lösung
enthaltenen Körpern (in specie Albuminaten) bei ihrem Niederfallen
mitgerissen würde. Ein Theil hängt dem Sedimente nur locker an,
kann daher von diesem durch Abwaschen wieder in etwas befreit
werden, ein anderer Theil dagegen ist fester eingeschlossen — ein
Verhältniss, welches den die verschiedenen Male ungleich grossen
Verlust an Wirksamkeit erklären könnte.

Diese Betrachtungen liessen die nachfolgenden Versuche entstehen.

Das von Cohnheim zum Niederreissen des Eiweisses und
Ptyalins aus dem gemischten Speichel der gereizten Mundhöhle in
Vorschlag gebrachte Verfahren verhiess für mein putrides Gift
vielleicht ähnlichen Erfolg. Haftet auch hier das Eiweiss dem
Niederschlage fester an als der gesuchte Körper, so wäre in der
That eine Trennungsmöglichkeit angebahnt. 1900 CC. colirten
Macerationswassers vermischte ich mit Phosphorsäure, wobei starke
Kohlensäureentwickelung stattfand. Darauf folgte der Zusatz von
Kalkwasser bis zur alkalischen Reaction. Phosphorsäure und Kalkwasser mögen etwa in einer Menge von 500 CC. zugesetzt worden
sein. Der Niederschlag von basisch phosphorsaurem Kalk war sehr
voluminös. Das leicht durchs Filter gegangene Filtrat diente zu
einem Versuche an einem kleinen Hunde. Eine grössere in die
V. cephalica gespritzte Portion bewirkte keine erhebliche Temperatursteigerung, nur mehrmaliges Erbrechen und auffallende Prostration,
von welcher indess schon in 4 Stunden sich das Thier erholt hatte.

Der Niederschlag von basisch phosphorsaurem Kalk wurde
zwischen Fliesspapier leicht getrocknet und mit 1000 CC. Wasser
in einem Mörser verrieben. Das Waschwasser filtrirte leicht. Von
dem zu diesem Versuche benutzten Macerationswasser tödteten
15 CC. einen Hund; mithin entsprachen 30 CC. des Waschwassers,
welche ich einem Hunde beibrachte, mehr als dem dreifachen der
tödtlichen Dosis, nämlich 57 CC. Macerationswasser. Die Körpertemperatur des Versuchsthieres hob sich in 3 Stunden von 38,7
bis 40,8, auch kam es in der 4. Stunde zu mehrmaligem Erbrechen,
doch schon am folgenden Tage war jede Spur von Kranksein verschwunden. Das gleiche Ergebniss hatte ein zweites Experiment.
Die Temperatur des matt und bewegungslos auf der Seite daliegenden Versuchsthieres stieg in 4 Stunden von 39,3 auf 41,3, auch
kam es zu mehreren diarrhoischen Ausleerungen.

Das zu diesen Versuchen verwandte Filtrat war nicht ganz eiweissfrei. Nach Salpetersäure-Zusatz schieden spärliche feine gelbe Flocken aus. Alkohol gab eine deutliche Trübung. Ferrocyankalium mit Essigsäure desgleichen.

Der Umstand, dass Alkohol eine so deutliche Trübung gab, veranlasste mich den von Cohnheim verfolgten Weg noch weiter zu gehen. 200 CC. des zum Auswaschen benutzten filtrirten Waschwassers mischte ich mit 400 CC. 90° Alkohol. Die zuerst diffuse Trübung führte zu einem Sedimente, welches im luftleeren Raume unter der Glasglocke getrocknet, einige grmms eines weisslichen Pulvers bildete. Eine Probe auf dem Platinbleche verbrannt declarirte das Pulver als zum grössten Theile anorganischer Natur, kaum dass ein schwärzlicher Hauch Spuren organischer Substanz verrieth. Fast die ganze Masse bestand aus phosphorsaurem Kalk! Indess ich schüttelte die Paar grmms mit Wasser, filtrirte ab und prüfte durch Injection in die Cephalica eines kleinen Hundes. Temperatursteigerung von 39,3 auf 40,3. Erbrechen sofort nach der Operation und später in der 2. sowol als 3. Stunde. Eine geringe Wirksamkeit konnt auch hier nicht verkannt werden. Allein im besten Falle würde bei Wiederholung dieser Methode aus zwei Litres einer schon in 15 CC. tödtlich wirkenden Flüssigkeit ein Gemenge von phosphorsaurem Kalk und wirksamer Substanz erhalten sein, welches vielleicht nicht einmal zur Tödtung eines Hundes hingereicht hätte.

Aus dem Filtrate von vorher gekochtem faulendem Blute habe ich noch in einer andern Weise das putride Gift mechanisch niederzureissen versucht. Ich mischte zu einer grössern Portion desselben eine Lösung von stearinsaurem Kali und fügte dann Salzsäure hinzu. Der Niederschlag wurde, um die Stearinsäure zu entfernen, mit Aether geschüttelt. Ein nicht unbedeutendes Quantum rückbleibender Substanz löste sich im Wasser vollständig. Auch diese Lösung war entschieden wirksam — aber wieder so unbedeutend wirksam dass auch dieses Verfahren viel zu wenig versprach — um so weniger, als bei weiteren Reinigungsversuchen selbst dieser Rest von Wirksamkeit verloren ging.

Gestützt auf die oben niedergelegte Erfahrung, dass beim Dialysiren einer wirksamen Lösung auch das Diffusat wirksame Bestandtheile enthält — schien es der Mühe werth faulendes Blut der Diffusion auszusetzen. Es hat mir dieses Manoeuvre im Lauf der Zeit zu bessern Resultaten verholfen, als sie mir die frühern Versuche geschenkt hatten.

Faulendes Blut wurde in einen Dialysator gethan und die Diffusion 24 Stunden unterhalten. 30 CC. des Diffusates blieben bis auf eine eclatante Temperatursteigerung wirkungslos. Indess der Diffusionsversuch wurde fortgesetzt — und das Diffusat in grösseren Quantitäten gesammelt. Um in dem Gesammelten weitere Zersetzungen möglichst zu unterdrücken, hielt ich es in einem durch. Eisstücke gekühlten Glascylinder. Ein grösseres Quantum wurde im Vacuumapparat etwa auf den 10. Theil seines Volumens eingedampft. 30 CC. dieses concentrirten Diffusates erwiesen sich deutlich wirksam. Schon während des Losbindens erbrach der Hund und litt etwa 24 Stunden lang an Diarrhoeen. Es gelingt also mit Hülfe der Diffusion ein wirksames Fluidum sich zu verschaffen, dessen Wirkungen beim Eindampfen nicht verloren gehen — es ist wenigstens die gleiche Quantität des concentrirten Fluidums stärker wirksam als die des unveränderten frischen Diffusates.

Leicht lässt sich ein grösseres Quantum dieser Lösung herstellen ·und vielleicht ein dankbareres Material dadurch schaffen. Besonders von Wichtigkeit schien es mir, dass bei dem Eindampfen der diffundirten Flüssigkeit Ausscheidungen nicht bemerkt wurden — und dass ihr Albumingehalt ausserordentlich gering war. Er war aber entschieden vorhanden. Salpetersäure liess beim Kochen gelbliche Flocken ausfallen, basisch essigsaures Bleioxyd gab einen starken Niederschlag, desgleichen Gerbsäure. Alkohol und Ferrocyankalium mit Essigsäure trübte die Lösung. Das Diffusat reagirte alkalisch und war reich an Aschenrückständen.

Ich habe dieses Diffusat einer Fällung mit basisch essigsaurem Bleioxyd unterworfen und das Lösliche des von Schwefelwasserstoff zersetzten Niederschlages geprüft mit positivem Erfolge — desgleichen habe ich mich davon überzeugt, dass in dem durch Stearinseife und Salzsäure-Zusatz zu Stande gebrachten Präcipitate Wirksames enthalten ist — allein ich übergehe diese Versuche, bei denen wieder die Abschwächung der Wirksamkeit eine sehr grosse gewesen ist, um mich der nächsten Versuchsreihe zuzuwenden, in welcher ein ungleich besseres Material zu deutlicheren Erfolgen führte.

Zweite Versuchsreihe.

Die Arbeiten dieser Gruppe sind in Gemeinschaft mit Herrn Professor Dragendorff entstanden. Professor Dragendorff's Empfehlung verdanke ich das Material, welches den folgenden Versuchen zu Grunde gelegt ist, seiner Sorgfalt danke ich die Bereitung der von mir an den Hunden geprüften Lösungen, und ist es gewiss der Exactheit seiner Arbeiten zuzuschreiben, wenn in dem Nachfolgenden die uns vorschwebende Aufgabe wesentlich gefördert ist.

Bedenkt man, dass aus 200 CC. Blut, welche etwa mit 200 CC. Wasser der Diffusion ausgesetzt waren, ein Diffusat gewonnen wird, welches in toto kaum Wirkungen entfaltet, die 8 CC. des Blutes entsprechen — so steht von vornherein fest, dass die Abgabe der giftigen Substanz an das Diffusat eine ausserordentlich erschwerte ist. Eine Erklärung für diesen Umstand kann in zwei verschiedenen Richtungen gesucht werden. Die Natur des giftigen Stoffes selbst kann die Schuld tragen. Letzterer kann entweder zu den sogenannten colloidalen oder zu Körpern gehören, die, trotzdem sie krystallinisch sind, an sich nur geringes Diffusionsvermögen besitzen (Traubenzucker, Alkalisulfurate). Der Grund kann aber auch vielleicht in der starken Anziehung gesucht werden, welche von gewissen nicht zur Diffusion geneigten Bestandtheilen der dem Processe unterworfenen Flüssigkeit oder von in ihr bloss suspendirten Stoffen auf das Gift ausgeübt wird. Die bisher gewonnenen Resultate reichen noch nicht aus, die erste dieser Erklärungen als unzweifelhaft richtig erscheinen zu lassen, dagegen genügen die mitgetheilten Erfahrungen, um der zweiten Hypothese den Anschein der Wahrscheinlichkeit zu verleihen. Wäre sie richtig, so könnten wir erwarten, je ärmer an colloidalen und je reicher an krystalloiden Körpern eine faulende Flüssigkeit, desto wahrscheinlicher, dass mehr Wirksames ins Diffusat tritt. Ausgehend von dieser Voraussetzung, brachte

Prof. Dragendorff faulende Bierhefe als Versuchsmaterial in Vorschlag. Es ist von Reinsch (Neues Jahrbuch für Pharmacie 1867, Bd. 28, S. 65) nachgewiesen, dass bei der Fäulniss der Hefe sehr beträchtliche Mengen einer krystallinischen, dem Leucin nahe stehenden Substanz (Chenopodin), neben krystallinischen Salzen (Phosphaten etc.), erzielt werden. Zudem enthielt gleichfalls nach Reinsch's Angabe die Lösung faulender Hefe coagulirende Albuminate nur in sehr geringer Menge.

Ueber die Wirkung der faulenden Hefe auf den thierischen Organismus berichte ich kurz nach eigenen und nach Versuchen von Schmitz (Exp. 66—73).

Frische Bierhefe durch einmaliges Uebergiessen mit kaltem Wasser zum Niedersetzen gebracht und alsdann mit Sand und Wasser (60 grm. Hefe, 100 grm. Sand, 60 grm. aq. destillata) verrieben giebt ein Filtrat, welches in die Vene eines Hundes gespritzt, ebenso wenig als Wasser das Wohlbefinden des Thieres angreift.

Bierhefe (Oberhefe), die einen Monat, vom Anfang September bis 6. October 1867, bei einer Temperatur von durchschnittlich 35° C. der Fäulniss überlassen war, wurde filtrirt. 16 CC. des Filtrats erhielt ein grosser Vorsteherhund in die Cephalica. In 3 Stunden Temperatursteigerung von 39,0° auf 41,5°. Erbrechen und starker Durchfall, dem nach 11 Tagen das Thier erliegt. Bei der Section unter dem linken Endocard. zahlreiche Blutaustretungen. Ecchymosen im Duodenum und Jejunum, welch letzteres geschwellt und geröthet ist. Dickdarm mässig katarrhalisch afficirt. Magen und Ileum normal. Beide Nieren in hohem Grade verkalkt, besonders in ihrer corticalis. Unter dem Mikroskope erscheinen die Tubuli contorti wie mit Kalk ausgegossen. Eine zweite Probe dieses Hefefiltrats wurde nach 14 Tagen, am 17. October, vorgenommen. Injection von 32 CC. in die Vena cruralis eines grossen Hundes. Sehr heftige Reaction, der sofort vollständige Apathie und Ruhe folgt. Nach kürzester Zeit Durchfall mit fortwährenden Tenesmen. In 3 Stunden Tod. Die Leichenöffnung ergab den specifischen Befund der septischen Intoxication.

Ein zweiter Ansatz von Unterhefe datirt vom 29. November 1867. Die Unterhefe, in grossen Kübeln gesammelt, war vorher mit kaltem Wasser übergossen worden. Von dem Bodensatze wurde das klare lichtbraune Wasser abgegossen und durch anderes ersetzt — und das so 8 Tage hindurch, um möglichst viele Salze und lösliche Beimengungen zu entfernen. Die hierdurch in verschwenderischer Weise gereinigte Hefe vertheilte ich in grosse Glasburken und vermischte sie mit dem gleichen Volumen Wasser. Die Temperatur des geheizten Macerationskellers schwankte während der Fäulniss zwischen 15—30⁰. Probeversuche mit dem Filtrat fanden statt: 1) am 14. December. Inject. von 8 CC. in die Crural. eines Dachshundes, Temperatur 39,1; Aufschreien, Zittern, krampfhafte Streckung der Extremitäten noch während der Injection. Später beständiges Würgen und Erbrechen, sowie nach einer Stunde Durchfälle unter denen das Thier nach 9 Stunden zu Grunde geht. Die Temperatur sank von 39,1 bis 36,0. Vom Pylorus-Theil des Magens bis hinab ins Rectum hochgradige hämorrhagische Entzündung des Darmtractus. Parenchym der Milz zerfliessend weich. 2) Am 14. Januar 1868. Die Wirkung von 8 CC. des Filtrats war genau dieselbe, wie in dem eben geschilderten Experimente. 3) Am 14. Februar 1868. Nach 8 CC. sofort heftige Reaction, Tod unter Durchfällen nach 10 Stunden. Sectionsbefund: der oft erwähnte.

Eine Abschwächung der Wirksamkeit war im Verlaufe von zwei Monaten nicht zu constatiren. Das zu den 5 erwähnten Versuchen benutzte dunkelbraun gefärbte Filtrat roch vorwiegend nach Butter- und Baldriansäure und reagirte stark sauer. Mithin findet die Bildung des „putriden Giftes" sowol in alkalischen Lösungen (Macerationswasser, faulendes Blut) als auch in sauren (faulende Hefe) statt. Für die Entwickelung gewisser Noxen, in faulenden Excrementen z. B., wird bekanntlich die grosse Bedeutung der Reaction dieser sich zersetzenden Massen hervorgehoben, der Art, dass man durch ein Aendern derselben in die entgegengesetzte Reaction die Bedingungen für die Erzeugung des schädlichen Agens zu vernichten meint. Für die Noxe, von der wir handeln, für das putride Gift, trifft schon nach dem Angeführten solches nicht zu; ja ein Hefeansatz wurde durch reichlichen Essigsäure-Zusatz von vorn herein stark sauer gemacht und dennoch wirkte er auf der Höhe der Fäulniss eclatant und specifisch schädlich.

Der Albumingehalt des Filtrats faulender Hefe ist gering. Nach gehörigem Neutralisiren tritt beim Kochen bloss Trübung nicht Flockenausscheidung ein. Der Reichthum der Fäulnissansätze an Albuminaten steht nicht in geradem Verhältnisse zur Menge des erzeugten Giftes. Bei der Fäulniss der eiweissarmen Hefe wird ungleich mehr Gift gebildet, als bei der Fäulniss eines reinen Eiweisskörpers des Fibrins. Ein Ansatz von 40 grm. chemisch reinen trocknen Fibrins mit 400 CC. Wasser — welche Concentration der meiner Hefeansätze ungefähr gleich gekommen sein mag — giebt im dritten Fäulnissmonate ein eiweissreiches Filtrat, von dem 60 CC. erforderlich sind, um die 8 CC. Hefefiltrat entsprechende Wirkung hervorzurufen (cf. Schmitz, Exp. 60). Wenn Galle, deren Eiweissgehalt verschwindend klein ist, fault, entwickelt sich mehr Gift, als wenn der eben erwähnte reine Eiweisskörper, das Fibrin, das Fäulnisssubstrat abgegeben hatte (cf. Schmitz, Exp. 62—65). In faulendem Blute entsteht ungleich mehr Gift als in faulendem chemisch reinem Fibrin. Es könnte also für die Entwickelung der schädlichen Bestandtheile in faulenden Massen vielleicht auf die zusammengesetzte Natur derselben Gewicht gelegt werden, vielleicht auf ein Zusammenwirken vieler ihrer Bestandtheile, wobei den Salzen, den bei der Fäulniss thierischer Substanzen so reichlich vertretenen Phosphaten, unseren Vermuthungen nach auch eine Rolle zuzutheilen ist. Erfahrungen hierüber gehören in spätere Capitel dieser Arbeit. Hervorheben aber muss ich, dass schon das, was eben vorgebracht ist, genügt, um die fast allgemeine Annahme, als wenn „die gelösten und ungelösten ursprünglich eiweissartigen Körper durch eine äussere oder innere Ursache in ihrer Beschaffenheit und Zusammensetzung geändert, zum Gift geworden seien" (Thiersch), stark in Frage zu stellen.

Am 15. December goss ich etwa 150 CC. der Unterhefe vom zweiten Ansatze auf einen Dialysator und ebensoviel Wasser in das äussere Gefäss. Nach 24 Stunden unterbrach ich die Diffusion und prüfte sogleich das frische Diffusat. Injection von 24 CC. in die V. cephal. eines Vorsteherhundes. Zu Ende der Injection Unruhe, Würgen, Benommenheit, Zittern, ¼ Stunde später fäculente Dejectionen, die sich ein Paar Mal wiederholen. Die Temperatur steigt von 39,1 bis 40,1. Nach 12 Stunden entwickelt der Hund schon guten Appetit.

30 CC. aus einem wieder nur in 24 Stunden gebildeten Diffusate erhielt ein junger Pudel in die V. saphena. Schon während der Operation Unruhe, die in Betäubung übergeht. Später Erbrechen und Durchfälle. Sinken der Temperatur von 39,7 auf 38. Tod nach 3 Stunden. Im Jejunum und Ileum hämorrhagische Entzündung. Milzpulpa zerfliessend weich, von Extravasaten durchsetzt.

Das 24-stündige Diffusat aus dem ersten Ansatze von Oberhefe (Schmitz) verhielt sich ähnlich. Nach Injection von 50 CC. entwickelten sich die charakteristischen Symptome bis zum Tode nach 14 Stunden.

Das klare, leicht gelblich gefärbte Diffusat reagirt schwach sauer. Genau neutralisirt, scheidet es krystallinische Massen von phosphorsaurer Ammoniakmagnesia ab; wird das Filtrat dann gekocht, so trübt es sich nicht. Desgleichen erzeugt Zusatz von Salpetersäure keine Trübung — wol aber eine schöne rosige Färbung. In mit Essigsäure angesäuertem Diffusate entsteht durch Ferrocyankalium weder Niederschlag noch Trübung. Versetzen mit Essigsäure und Hinzufügen eines gleichen Volumens concentrirter Lösung von schwefelsaurem Natron mit nachfolgendem Erhitzen bis zum Kochen liess die Flüssigkeit unverändert. Zu einer alkalischen Lösung wird schwefelsaures Kupfer gesetzt, ohne dass bei nachträglichem Erwärmen eine Spur violetter Färbung eintritt. Beim Kochen mit concentrirter Kalilauge entwickelt sich Ammoniak, Zusatz von Bleiessig erzeugt jetzt einen Niederschlag aber keine Braunfärbung. Schütteln mit Chloroform giebt keine getrübte Schicht über dem Chloroform. Es muss hiernach die Abwesenheit von Proteïnkörpern in dem Diffusat als bewiesen angenommen werden. Da aber das Diffusat starke und specifische Wirkungen zu wiederholten Malen geäussert hatte, ist von uns die völlige Unabhängigkeit des putriden Giftes von den eiweissartigen Körpern dargethan worden. Was weiter die Reactionen unseres Diffusats anlangt, so geben Gerbsäure, Quecksilberchlorid, salpetersaures Quecksilberoxydul und salpetersaures Quecksilberoxyd, auch salpetersaures Silberoxyd, voluminöse käsige, Phosphor-Molybdänsäure einen reichlichen gelben Niederschlag. Chlorbaryum fällt eine weisse Masse, die sich in Salpetersäure wieder löst. Alkohol erzeugt eine mässige Trübung. Wenn durch Zusatz von salpetersaurer Magnesia alle Phosphorsäure ausgefällt war, so gab neutrales Bleiacetat keinen Niederschlag, wol aber entstand ein solcher noch, sowie basisches Bleiacetat hinzugesetzt wurde. Ein Tropfen Diffusat unter dem Mikroskop verdunstet, hinterlässt reichliche Krystallkugeln von Leucin (Chenopodin, Reinsch). Beim Verbrennen, welches unter Entwickelung brenzlich stechenden Geruches stattfindet, hinterbleibt viel Kohle. Eine Aschenbestimmung ermittelte im Abdampf- und Glührückstande des Diffusats: Kohlensäure, Phosphorsäure, wenig Schwefelsäure und Chlor, Kalk, Magnesia, Natron und wenig Kali.

Die rosige Färbung durch Salpetersäure, welche Scheerer (Canstatt, Jahresbericht für 1846, S. 100) und Virchow (Gesammelte Abhandlungen S. 144) bei faulenden Albuminaten beobachteten, entwickelt sich stets in unserem Diffusat, so lange dasselbe ungekocht und nicht weiter concentrirt ist. Nach dem Kochen und Eindampfen blieb sie aus, ohne dass jetzt im Destillate die Färbung nachweisbar gewesen wäre. Es ist dieselbe also unabhängig von einem etwaigen Tyrosingehalt. Kocht man eine Probe des Diffusats mit starker Salpetersäure, so tritt eine bald schwächere bald stärkere Gelbfärbung ein, die bei nachträglichem Neutralisiren mit Ammoniak in Orange übergeht. Es würde diese Reaction, nach bisherigen Annahmen, für die Anwesenheit von Peptonen in unserem Diffusate sprechen, wenn ich nicht schon angegeben hätte, dass bei Behandlung mit Kupferoxyd und Kali keine Violett-Färbung eintritt und wenn ich nicht weiter Gelegenheit hätte auseinanderzusetzen, dass der Körper, welcher diese Salpetersäure-Reaction giebt, sich durch sein Verhalten gegen Alkohol wesentlich von den Peptonen unterscheidet.

Wenn das in Rede stehende Diffusat einige Tage lang bei Zimmertemperatur in offenen oder geschlossenen Gefässen sich selbst überlassen blieb, trübte es sich durch Ausscheidung theils feiner Flocken, theils eines mehr körnigen Sediments und überdeckte sich mit einem schillernden Häutchen. Die Wirkung schien durch diese Veränderungen nicht wesentlich alterirt zu werden — wie die folgenden Versuche ergeben. Nach dreitägigem Stehen Injection von 40 CC. einem mittelgrossen Hunde. Temperatursteigerung um 1,5°, Erbrechen, anhaltende Durchfälle bis zum Tode am 3. Tage. Nach zehntägigem Stehen erhielt ein kleiner Hund 30 CC. in die Saphena. Heftige unmittelbar der Operation sich anschliessende Reaction, beständiges Würgen, grosse Prostration. Durchfälle. Verjauchung in der Wunde. Tod am 7. Tage. Linkseitige eitrige Pleuritis. Ecchymosen unter dem Endocardium. Mässige Darmaffection.

Wurde unser Diffusat, besonders nachdem durch vorangeschickten Schwefelsäurezusatz noch mehr Fettsäuren in Freiheit gesetzt waren, durch Schütteln mit Aether von letzteren befreit, so erlitt seine Wirksamkeit dadurch keine Einbusse (cf. Schmitz, Exp. 70). Das von den Fettsäuren befreite Diffusat war völlig geruchlos: ein Beweis, dass die eigenthümlichen Wirkungen faulender Flüssigkeiten auf den thierischen Organismus nicht von den in ihnen enthaltenen riechenden, resp. stinkenden Substanzen abhängig sind. Weiter ein Beweis, dass Aether, der manchen wässrigen Flüssigkeiten die in ihnen enthaltenen Alkaloide zu entziehen vermag, das putride Gift unter solchen Umständen nicht aufnimmt. Auch wenn die wässrige

Lösung alkalisch gemacht war, konnte ihre Wirksamkeit weder durch Ausschütteln mit Aether noch Amylalkohol, Chloroform, Benzin, Petroleumäther wahrnehmbar abgeschwächt werden. Der durch Aether und Amylalkohol besorgte Auszug, eingedampft und sein Rückstand in Wasser gelöst, verhielt sich durchaus unwirksam. Letztere Versuche sind bloss an Fröschen durchgeführt.

Etwas anders verhielt sich das Diffusat gegen die Versuche, welche auf Entfernung der ziemlich reichlich in ihm vertretenen Phosphate gerichtet waren. Ein Theil derselben, die durch die freien Fettsäuren in Lösung gehaltene phosphorsaure Ammoniak-Magnesia, war nach Ausschütteln mittelst Aether ausgefallen, ohne dass, wie erwähnt, ein Verlust an Wirksamkeit wahrgenommen wurde. Nach Fällung aber durch essigsaure Magnesia und Ammoniak war die Wirksamkeit entschieden vermindert, wie ein Vergleich der sofort anzuführenden Versuchsergebnisse mit den oben geschilderten zeigt.

Ein kleiner Dachshund erhält 30 CC. in die Cruralis. Während der Injection colossale Unruhe, dann rasch vorübergehende Betäubung. Temperatursteigerung um 1,2°, im Uebrigen keine Störungen, die grosse Muskelschwäche weicht schon am anderen Tage der gewöhnlichen Munterkeit. Ein mittelgrosser Hund erhält 75 CC. in die Saphena. Langwährender Betäubungszustand, fibrilläre Zuckungen in einzelnen Muskelgruppen, die in clonische Krämpfe übergehen. Später alle viertel Stunden Erbrechen. Noch am zweiten Tage Erbrechen, Appetitlosigkeit und grosse Hinfälligkeit. In der Folgezeit Genesung. 30 CC. wirkten vor Ausfällung der Phosphate intensiver — nämlich tödtlich — als diese 75 CC. phosphatfreien Diffusats. Die Thatsache, dass mit Ausscheiden der Phosphate auch wirksame Substanz ausfällt, stimmt mit der Seite 29 betonten innigen Verbindung beider. Eine Erklärung hierfür dürfte vielleicht die chemische Natur unseres Giftes geben — steht dasselbe den Amidbasen nahe, so würde die von uns versuchte Art der Ausfällung ein Mitgehen in den Niederschlag verständlich machen.

Durch Eindunsten des Diffusats im Wasserbade ging seine Wirksamkeit nicht verloren, abgeschwächt wurde sie allerdings. Wenn vor dem Eindunsten die tödtliche Dosis, wie oben angeführt, zwischen 30 und 50 CC. lag, so musste erwartet werden, dass nach einem Concentriren auf den sechsten Theil des Volumens der gleiche Effect nach Gaben von 5—9 CC. eintreten würde. Dem war aber nicht also, vielmehr waren immer noch 20—30 CC. zur Tödtung erforderlich. In das Destillat ging nichts Wirksames über. 30 CC.

desselben, einem kleinen Hündchen beigebracht, blieben ohne Spur einer Störung. Es muss daher lediglich der fast 10-stündigen Einwirkung höherer Temperaturgrade bei Gegenwart athmosphärischer Luft diese Abschwächung zugeschrieben werden. In der That war dieselbe grösser, wenn bei stärkerer Hitze des Wasserbades und Luftzutritt, als wenn im Vacuumapparat das Eindampfen executirt worden war. Auch nach Entfernung der Phosphate mit essigsaurer Magnesia und Ammoniak gelang es eine concentrirtere Flüssigkeit sich zu verschaffen, deren Wirkung eine kräftigere war. So wirkten, als ein Litre solcherart von Phosphaten befreiten Diffusats im Vacuumapparat auf 150 CC. gebracht war, 30 CC. jetzt entschieden stärker als die vorhin erwähnten 75. Betäubung und Würgbewegungen schlossen sich sofort an die Injection; grosse Mattigkeit bis zum Tode nach einer Stunde. Bei der Section findet sich eine stellenweise (Duodenum und Rectum) schon hochgradig entwickelte Darmentzündung. Unter der Pleura der durchweg lufthaltigen Lungen viele Hundert kleiner kaum stecknadelkopfgrosser frischer Extravasate, desgleichen Ecchymosirungen unter dem Endocardium des linken Herzens.

Nicht nur das erste Diffusat, auch das zweite, dritte und vierte äusserten unverkennbare Wirkungen. 2500 CC. gefaulter Hefe waren mit 3000 CC. destillirten Wassers, welches je nach 24 Stunden erneuert wurde, der Diffusion ausgesetzt gewesen. Zum vierten Male wird in gleicher Weise verfahren, aber die Diffusion 4 Tage mit derselben äussern Flüssigkeit unterhalten. Dieses vierte Diffusat dampfte im Vacuumapparat zu 100 CC. ein. 20 CC. derselben erhielt ein grosser Hund in die Saphena. Schon während der Injection Erbrechen, darauf sehr frequentes Athmen. Grosse Mattigkeit, der Hund liegt auf der Seite, alle Viere von sich gestreckt. Bald folgen dünnflüssige fäculente Ausleerungen, in den nächsten zwei Tagen fliesst blutige Jauche aus dem After. Das Thier rührt sich nicht von der Stelle und verendet am dritten Tage. Invagination des untern Ileumstückes durch das Colon bis ins Rectum nahe an den After. Peritonitis mit etwa 100 CC. blutigen Exsudats. Hämorrhagische Entzündung der Schleimhaut des Darms. Beiderseitige eitrige Pleuritis, ohne Spur einer Infarctbildung in der Lunge. Unter dem linken Endocardium zahlreiche Blutstreifen. Die drei ersten Diffusate waren nach ihrer Concentration im Wasserbade ähnlich wirksam — so dass ein Unterschied in der Wirksamkeit zunächst nicht annehmbar erscheint. Der Unterschied in dem Gehalt an trockner Substanz und dem Aschengehalt der Diffusate war desto auffälliger. Während 10 CC. des auf 200 CC. gebrachten Verdunstungsrückstandes vom ersten Diffusate, nach mehrtägigem Erwärmen bei 100°, 1.771 grm. trockne Substanz mit 0,221 grm. Asche hinterlassen hatten — (das ganze Diffusat besass also 35,42 grm. trockne Substanz und 4,42 grm. Aschenbestandtheile) — hinterliessen 10 CC. des auf 100 CC. concentrirten vierten Diffusats 0,2295 grm. Asche — (das ganze Diffusat hatte also 2,295 grm. Asche). 10 CC. des auf 150 CC. eingedunsteten fünften Diffusats, welches 48 Stunden diffundirt hatte, geben 1,3376 grm. trockne Substanz mit 0,200 grm. Asche — (also enthielt das ganze Diffusat 21,064 grm. trockne Substanz und 3,0 grm. Asche). Es scheint bei der annähernd gleichen Wirkungsintensität aller fünf Diffusate — das vierte wirkte am stärksten, wol wegen der am längsten fortgesetzten Diffusion — dass das putride Gift nicht im graden Verhältniss zu den übertretenden anorganischen Substanzen sich ins Diffusat begiebt. Durch die lange, 9 Tage, unterhaltene Diffusion war die Wirksamkeit der in der Glocke restirenden faulenden Hefe herabgedrückt. Während 8 CC. in 10 Stunden das Leben eines Hundes zerstörten, trat jetzt erst nach 16 CC. der filtrirten Flüssigkeit in der dritten Nacht nach der Operation unter profusen Diarrhoeen der Tod ein. 10 CC. dieser filtrirten Hefe lieferten 0,8638 grm. Verdunstungsrückstand mit 0,1052 grm. Asche.

Die eclatante Wirksamkeit des aus faulender Hefe stammenden Diffusats kam dem aus faulendem Blute nicht zu. Ferner enthielt das Hefediffusat keine Albuminate, die, wie erwähnt, dem Blutdiffusate nicht fehlten. Hierin sahen wir den entschiedenen Vorzug des Hefediffusats. Wir haben daher in den folgenden Versuchs-Gruppen dieses Material ausschliesslich verarbeitet.

Ein Litre durch Magnesiumacetat und Phosphorsäure von den Phosphaten befreiten Diffusats wurde mit basischem Bleiacetat gefällt, der ausgewaschene Niederschlag mit Schwefelwasserstoff zersetzt, zuletzt auf 100° erwärmt und dann durch Filtration das Schwefelblei abgeschieden. Das sauer reagirende Filtrat wird auf 150 CC. verdunstet. Die Hälfte davon, 75 CC., wurde einem kleinen Hunde injicirt. Während und nach der Injection keine wahrnehmbaren Störungen — selbst keine erhebliche Temperatursteigerung. In einem zweiten Versuche wurde der aus zwei Litres Diffusat gewonnene Bleiniederschlag mit Schwefelwasserstoff zersetzt und das Filtrat auf 120 CC. verdunstet. Die Hälfte dieser 120 CC. brachte ich in die V. crural. eines grossen Hundes. Während der Injection keine Unruhe, nach derselben ist das Thier völlig munter — entwickelt sogar schon nach einigen Stunden guten Appetit.

Es könnte hiernach scheinen, dass dem Bleiniederschlage gar keine Wirkungen anhingen — wenn nicht Schmitz, freilich an der von Phosphaten noch nicht befreiten Flüssigkeit, ein etwas abweichendes Resultat erzielt hätte (Exp. 71 und 72). Es trat nach Injectionen von 25 und 40 CC. Diffusat entsprechenden Quantitäten an beiden Versuchsthieren zu verschiedenen Malen Erbrechen mit Temperatursteigerung ein. Es ist nicht unwahrscheinlich, dass der, wegen Anwesenheit der Phosphorsäure, bei den Versuchen von Schmitz, reichlicher ausfallende Niederschlag mechanisch oder chemisch etwas grössere Mengen des giftigen Stoffes eingeschlossen hatte als bei uns. Indessen könnte auch bei unseren Versuchen etwas mehr des Giftes durch das Schwefelblei zurückgehalten sein. Leider lassen sich ja die mechanischen Wirkungen letzterer Substanz nicht genau berechnen und beherrschen.

Da der im phosphatfreien Diffusat durch basisch essigsaures Bleioxyd erzengte Niederschlag nicht wirksame Bestandtheile zu enthalten schien, könnten diese in dem ungefällten gelösten Antheil gesucht werden. Nachdem durch Zusatz von Bleiacetat im Ueberschusse kein weiteres Sediment zu erzielen war, wurde die Hälfte der abfiltrirten Lösung mit Soda vom grössten Theil des überschüssigen Bleies, mit Schwefelwasserstoff vom Rest desselben befreit und dann zur Syrupdicke im Wasserbade verdunstet, um neuerdings mit Wasser auf circa 100 CC. verdünnt zu werden. Injection von 50 CC. einem sehr grossen Hunde. Während der Injection wüthendes Aufheulen und dann sofortige Betäubung. Beim Losbinden schon Erbrechen. 10 Stunden später, nachdem in der Zwischenzeit der Hund matt und regungslos auf der Seite gelegen, wiederholt sich das Erbrechen, und 15 Stunden später verendet das Thier. Der Fundus des Magens im Zustande hochgradiger hämorrhagischer Entzündung, der Pylorus-Theil etwas weniger afficirt. Schwellung und Injection der Duodenal- und Jejunal-Schleimhaut, Ileum gesund, Rectum stellweise lebhaft injicirt. Milz von zahlreichen frischen Infarcten durchsetzt. Unter dem linken Endocardium ein grösseres und mehrere kleinere Extravasate. Die Umgebung der Operationswunde jauchig infiltrirt. (Vor der Injection war mit Essigsäure neutralisirt worden.)

Ich habe diesen Versuch mit frischem, noch die Phosphate enthaltendem Diffusate wieder aufgenommen; auch hier entfaltet der nicht gefällte Antheil die charakteristischen Wirkungen. Der Hund war gleich nach Beibringen eines verhältnissmässig geringen Quantums matt und hinfällig — aber erst nach 10 Stunden nahmen die Durchfälle ihren Anfang, die am 3. Tage zum Tode führten. Entzündung des Darmtractus im Fundus ventriculi, Duodenum und Rectum. In den Nieren parenchymatöse Nephritis.

Die grössern Quantitäten Diffusat, welche in nachfolgenden Versuchen zur Verwendung kamen, sind alle durch 24-stündige Diffusion gewonnen worden. Beim Sammeln der Diffusate hat deren Zersetzung — Trübwerden — nicht ganz vermieden werden können — obgleich das Gesammelte an kühlen Orten aufbewahrt wurde. Wiederholte Prüfungen überzeugten uns von dem Mangel an Proteïnsubstanzen in unserem Material.

Ein Litre des mit Magnesiumacetat und Soda von Phosphaten befreiten Diffusats war auf 75 CC. eingedampft. Zusatz von zweifachem Volum Alkohol. Filtration nach 24 Stunden. Vom Filtrat wird der Alkohol abfiltrirt — und der Rückstand in 75 CC. Wasser gelöst. Während der Injection von 16 CC. Betäubung, Muskelzittern, tonische krampfhafte Streckungen der Extremitäten und des Nackens, Erbrechen — und da die Injection leider nicht unterbrochen wurde, sofort Tod. Von derselben Lösung, die ich mit der zweifachen Wassermenge verdünnte, erhielt ein mittelgrosser Hund 15 CC. (also 5 CC.). Unmittelbar darauf Betäubung, Erbrechen. Das Thier liegt wie todt da, so dass man nach langen Pausen erst eine krampfhafte Inspiration wahrnimmt. Nach einigen Minuten Brechbewegungen, oberflächliche immer frequenter werdende Respiration. Nach einer Stunde wieder Erbrechen, später flüssige dunkle Ausleerungen. Am folgenden Tage deutliche Besserung, endlich Genesung. Noch weniger wie 3 CC. mit 9 CC. Wasser verdünnt erhält ein dritter Hund. Wieder hochgradige Betäubung, wiederholtes Erbrechen, mehrere Stunden anhaltende Diarrhoe. Ausgang in Genesung.

Nachdem aus drei Litres des in Rede stehenden Diffusats der durch Magnesiumacetat, Soda und basisches Bleiacetat zu Stande gekommene Niederschlag entfernt war, wurde das Filtrat mit Soda und Schwefelwasserstoff von überschüssigem Blei befreit und im Wasserbade während 8 Stunden auf 240 CC. verdunstet. Der Zusatz von gleichem Volumen Weingeist von 80° Tr. veranlasste Ausscheidungen von Leucin (Chenopodin), zumal als die Mischung 24 Stunden lang der Kälte überlassen blieb. Nach neuerdings wiederholter Filtration wurde der Alkohol abdestillirt und der Rückstand endlich in 150 CC. Wasser gelöst. 15 CC. desselben tödteten unter Betäubung und Erbrechen einen kleinen Hund in wenig Minuten. 100 CC. der eben geprüften Lösung wurden bis zu einem Volumen von circa 10 CC. ausgetrocknet, wozu es etwa 10 Stunden Erwärmung bedurfte, darauf stark bei 26° Kälte im Freien abgekühlt, dann mit 50-procentigem Weingeist behandelt. Nach Abfiltriren vom Leucin Abdestilliren des Alkohols. Der Rückstand wird von · 63 CC. Wasser aufgenommen — 10 CC. erhält ein grosser Hund in die Cephalica. Sogleich Betäubung, Erbrechen, krampfhafte Streckungen der Extremitäten, krampfhaftes Athmen. Nach einer halben Stunde flüssige Ausleerungen, die sich in den vier folgenden Stunden bis zum Tode wiederholen. Die Section deckt eine hochgradige hämorrhagische (croupöse) Enteritis auf. Milz von etwa 80 Infarcten durchsetzt, zerfliessend weich. Der Rest von circa 50 CC., aus dem mittlerweile wieder viel Leucin ausgeschieden war, wurde mit absolutem Alkohol versetzt. Es entstand ein nicht unbeträchtlicher Niederschlag von Leucin und einigen Salzen, welcher auf dem Filter gesammelt, getrocknet und in Wasser gelöst wurde. Fast die ganze Masse erhielt ein kleiner Hund in die Jugularis. Mattigkeit nach der Operation, zwei Stunden später Erbrechen; andere Störungen fehlen, das Thier ist nach 24 Stunden munter und gesund. Längeres Auswaschen mit absolutem Alkohol liess sich nicht ausführen, weil die Flüssigkeit allmählig einen Theil des Niederschlages in Lösung brachte. Der Verdacht, dass mechanisch etwas von dem in Alkohol löslichen Gifte dem Niederschlage anhing, ist durchaus gerechtfertigt. Anders verhielt sich das alkoholische Filtrat; durch neue Destillation vom Alkohol befreit und wieder in circa 20 CC. Wasser aufgenommen — genügten schon wenige Tropfen, um einen Hund in schwere Erkrankung zu versetzen. Durchfall und Appetitlosigkeit währten mehre Tage hindurch.

Sehr ähnlich, nur noch eclatanter, ist das Ergebniss folgenden Versuches. 9360 CC. Diffusat waren im Vacuumapparat auf 1700 CC. condensirt. 500 CC. von letzteren wurden durch Magnesiumacetat und Soda von den Phosphaten, durch basisches Bleiacetat von andern Beimengungen befreit. Das durch Soda und Schwefelwasserstoff entbleite Filtrat wurde im Wasserbade bis zur Extractconsistenz gebracht und dann in Weingeist von 72 % Tr. gelöst. Vom Ungelösten (Leucin) abfiltrirt, destillirte der Alkohol fort. Der Retortenrückstand wurde neuerdings von 90 % Alkohol aufgenommen, wieder filtrirt und destillirt. Der neue Retorten-

rückstand von dicker Extractconsistenz betrug 21,35 grm. 0,933 grm.
dieser 21,35 noch weiter, während mehrerer Tage ausgetrocknet,
lasssen 0,8085 grm. Rückstand, der warm — weich, nach dem Erkalten — harzig, spröde ist und nach dem Glühen 0,1243 Aschenbestandtheile zeigt. Die Asche enthält Kali, Natron, Magnesia,
Kalk, Chlor, Kohlensäure, aber keine Phosphorsäure. Von dem
Reste des Rückstandes werden 20 grm. in 100 CC. Wasser gelöst.
10 CC. dieser Lösung erhielt ein kleiner Hund in die V. crural.
Grosse Unruhe, tonische Streckungen im Nacken und den Extremitäten. Scheintod. 5 Min. künstliche Respiration. Dann krampfhafte
Athemzüge mit Würgbewegungen. Nach einer halben Stunde Durch-
fälle, die immer profuser und blutiger werden. Tod nach 11 Stunden.
Colossale hämorrhagische Entzündung des ganzen Darmtractus.

Die beiden eben erwähnten zusammenhängenden und in ihrer
Anordnung analogen Versuchsreihen sind von durchgreifender Bedeutung. Sie beweisen, dass Alkohol, und zwar 72 % ebenso als
90 % das putride ⸱ ift löst — und führen dadurch zu einer von
fremden Beimengungen relativ freien Lösung des gesuchten schädlichen Körpers. Sie liefern ferner den Beweis, dass die oben besprochene Salpetersäure-Reaction nicht etwa bei der Fäulniss gebildeten und ins Diffusat übergewanderten Peptonen zukommt, sondern einem anderen Körper, der bloss in dieser Hinsicht jenen gleicht.
Die zuletzt benutzte Lösung zeigte nämlich in exquisitester Weise
die Gelbfärbung beim Kochen mit Salpetersäure und wurde bei
nachfolgendem Neutralisiren mit Ammoniak tief orange, gradezu
dunkel braunroth. Eine unvermischte Lösung des fraglichen putriden
Giftes ist indess die in Rede stehende noch nicht. So enthält sie,
abgesehen von dem was aus später zu erwähnendem Verhalten gegen
Fällungsmittel folgt, noch jetzt Leucin und die erwähnten anorgani-chen
Salze. In 50 CC. derselben erzeugte Gerbsäure einen reichlichen
Niederschlag. Derselbe, auf dem Filter gesammelt, wurde, zuvor
gemengt mit Wasser und Bleioxyd, ausgetrocknet; der getrocknete
Rückstand mit Alkohol von 70 % 24 Stunden hindurch macerirt,
dann der Alkohol abfiltrirt, das Blei durch Schwefelwasserstoff be-
seitigt, der Alkohol abdestillirt — der Rückstand endlich in 50 CC.
Wasser gelöst. 12 CC. davon wurden einem grossen Hunde in die
V. saphena gespritzt. Mehrmaliges Erbrechen, das noch in der 4.
Stunde sich wiederholt. Grosse Prostration und Appetitlosigkeit
auch noch am folgenden Tage, im Uebrigen nichts Bemerkenswerthes.
Das Filtrat vom Gerbsäureniederschlage, durch Bleiessig von der

Gerbsäure und durch Schwefelwasserstoff vom Blei befreit, wurde eingedampft, dann mit Alkohol behandelt — der Alkohol abdestillirt, der Rückstand in Wasser gelöst. Fast die ganze Portion erhält ein grosser Hund, ohne dass an ihm charakteristische Erscheinungen beobachtet werden konnten. Während die aus dem Gerbsäure-Niederschlage erhaltene Flüssigkeit die Reaction mit Salpetersäure sehr deutlich gab, fehlte dieselbe der aus dem Filtrate zur Prüfung gekommenen. Der Rest der Flüssigkeit aus den vom 90-proeentigem Alkohol besorgten Auszuge wurde mit dem gleichen Volumen Wasser verdünnt und 24 Stunden mit Thierkohle bei durchschnittlich 50° C. digerirt. Die dunkele Lösung war hierdurch ziemlich entfärbt, aber auch in ihrer Wirksamkeit auffallend alterirt worden. Nach Injection von 16 CC. traten nur unbedeutende Störungen (einige flüssige Dejeetionen) in Erscheinung. Die Salpetersäure-Reaction blieb nunmehr fast vollständig aus.

In mehreren der den Hunden injicirten Proben waren Magnesiasalze enthalten, weil das behufs Entfernung der Phosphate zugesetzte Magnesiumacetat im Ueberschusse angewendet war und weil, da jedenfalls auch Ammoniaksalze vorhanden waren, Natronlange, desgleichen Soda eine völlige Ausscheidung der Magnesia nicht bewirken konnte. Immerhin ist die Frage, ob eine Beimengung von Magnesiasalzen nicht einen ·Theil der unmittelbar den Operationen folgenden Erscheinungen bedingen kann, nicht ohne Weiteres zurückzuweisen. Weil das Resorptionsvermögen des Darms für Magnesiasalze offenbar ein sehr beschränktes ist (Hegar), kann die eventuelle Schädlichkeit derselben nur durch direete Infusion in Venen geprüft werden. Es war mir bekannt, dass Körber, welcher in dieser Weise experimentirte, bei Injection von schwefelsaurer Magnesia zwei Mal Hunde getödtet hatte (Körber: Beiträge zur Kenntniss des Ueberganges der Kalk- und Magnesiasalze ins Blut. Dorpat, 1861). Von der giftigen Wirkung der ins Blut gespritzten essigsauren Magnesia habe ich mich zu wiederholten Malen selbst überzeugt. $\frac{1}{2}$ grm. einem grossen Hunde injicirt machte denselben zunächst unruhig, verlangsamte dann auffallend den Herzschlag, ohne indess sonst irgendwie das Befinden zu stören. Schon nach einer Viertelstunde frass der Hund und deponirte nach 8 Stunden troekene, helle Fäces. 1 grm. tödtete einen kleinen Hund in fünf Minuten unter Zittern am ganzen Körper und clonischen Krämpfen einzelner Muskeln. Das Herz stand bald nach einigen heftigen Schlägen still. 4 grm. tödteten einen grossen Hund sofort unter krampfhaften Zuckungen der Extremitäten und auffallender Verlangsamung des Herzschlages. In den zu meinen Experimenten verwandten Dosen ist niemals $\frac{1}{2}$ grm. Magnesiumacetat enthalten gewesen. Nach der erwähnten Analyse betrug der gesammte Aschengehalt in 20 grm. des Destillationsrückstandes oder in 100 CC. der Lösung dieses letztern 2,66 grm. demnach in 10 CC. 0,266 grm., die Hauptmasse wurde aber durch Natronsalze ausgemacht; kleinere Mengen von Magnesia liessen sich zwar nachweisen, überschritten aber, wie in dieser so auch in den andern Versuchsquoten, sicher nicht diejenigen eines Centigrammes. Zudem zeigten andere Versuche, dass auch ohne vorausgeschickte Behandlung mit Magnesia oder nachdem diese wieder fortgeschafft war, dieselben Wirkungen den in ähnlicher Weise hergestellten Lösungen zukamen. Hierher gehört der folgende Versuch.

5000 CC. Diffusat mit Natron, soweit als möglich von Magnesiumphosphat befreit, im Wasserbade auf 500 CC. eingedunstet, dann mit Bleioxyd völlig ausgetrocknet. Rückstand gepulvert, mit Weingeist von 70 % digerirt, nach 48 Stunden filtrirt, Filtrat entbleit, Weingeist abgedunstet, ausgeschiedenes Leucin abfiltrirt. Das sauer reagirende Filtrat beträgt 150 CC. und zeigt die Salpetersäure-Reaction ausserordentlich deutlich, 15 CC. tödten einen kleinen Hund sofort unter Betäubung, Erbrechen und Nackenkrämpfen. Mit der eben geprüften Lösung ist folgender Reinigungsversuch durch Zuhülfenahme der Diffusion ausgeführt worden. Es wurden 100 CC. mit 200 CC. Wasser 24 Stunden hindurch diffundirt. Das Diffusat (165 CC.) auf 32 CC. eingedunstet, nach 36 Stunden vom ausgeschiedenen Leucin u. s. w. abfiltrirt. 12 CC. tödteten einen mittelgrossen Hund in wenig Minuten. Nicht viel geringer schien die Wirkung des zweiten in 48 Stunden gewonnenen und von 180 CC. auf 50 CC. concentrirten Diffusats. 16 CC. reichten zur Tödtung eines grossen Hundes in weniger als einer Viertelstunde unter Betäubung, Würgbewegungen und Erbrechen hin. 15 CC. dieses concentrirten Diffusats hinterliessen beim Austrocknen 2,076 grm. Rückstand mit 0,1708 grm. Asche. Die Wirksamkeit des dritten von 180 auf 50 CC. eingedampften Diffusats war etwas geringer. Nach Injection von 18 CC. rasch vorübergehende Betäubung, dann scheinbares Wohlbefinden, aber nach 12 Stunden diarrhoische Ausleerungen, welche erst am zweiten Tage aufhören. 20 CC. des Diffusats hinterliessen 1,54 grm. nicht trockenen, sondern extractdicken Rückstand. Der in der Glocke gebliebene Autheil (162 CC.) war jetzt nur noch wenig wirksam. Nachdem er auf 24 CC. eingedampft .war, erhielt ein kleiner Hund 8 CC. Hin- und Herschwanken beim Gehen, Brechbewegungen, keine Diarrhoe. Genesung am anderen Tage. Man sieht, dass auch hier, wo der giftige Stoff schon ziemlich rein vorliegt, sein Diffusionsbestreben verglichen mit dem anderer chemischer Verbindungen nicht sehr gross ist. Der störende Einfluss von Albuminaten und ähnlichen Stoffen war hier nicht mehr vorhanden, sondern im Gegentheil in dem Leucin ein relativ leicht diffundirender Begleiter gegeben. Die Hälfte des im Dialysator zurückgelassenen und später auf 24 CC. verdunsteten Rückstandes gab möglichst ausgetrocknet*) 2,3031 grm. Rückstand mit 0,1628 grm. Asche, in welcher sich Chlor, Schwefel- säure, Kohlensäure, Natron nebst Spuren von Phosphorsäure, Magnesia und Kalk, aber kein Kali auffinden liessen. Es sei hier ausdrücklich bemerkt, dass überhaupt bei allen Aschenbestimmungen besondere Rücksicht auf die ungefähren Mengen des Kalis genommen wurde. Niemals sind, ganz abgesehen davon, dass das ganze Krank- heitsbild einer Kaliumvergiftung ein völlig anderes ist, so beträcht- liche Mengen Kali nachgewiesen worden, als dass von ihnen ein Einfluss auf die nach den Injectionen auftretenden Krankheitser- scheinungen hätte erwartet werden dürfen.

Die ermittelten Thatsachen, dass weder das Ausfällen resp. Trocknen mit Bleioxyd, noch das Eindampfen die Wirkungen paralysirt, sondern, dass aus dem in gedachter Weise erhaltenen Rückständen Alkohol Wirksames aufnimmt — schienen uns zu wichtig, um sie nicht durch zahlreiche Experimente und Variationen der nothwendigen chemischen Proceduren noch weiter sicher zu stellen.

Etwa 100 CC. frischen Diffusats dampften im Wasserbade zur Trockne ein und wurden alsdann mit heissem Alkohol extrahirt. Beim Erkalten schied sich Leucin massenhaft aus. Die eingedampfte syrupdicke alkoholische Lösung stand etwa 8 Tage lang in einem offenen Gefässe, an dessen Boden und Wandungen neuerdings in grösster Menge Leucin-Krystalle sich niedersetzten. Wieder Ver- dünnen mit Alkohol, Filtration, Abdampfen des Alkohols und Lö- sen in Wasser. Etwa den vierten Theil dieser Lösung erhält ein Dachshund. Betäubung, krampfhaftes Athmen, Erbrechen, eine flüssige Dejection, dann schon nach einer halben Stunde Tod.

---

*) Der Rückstand ist sehr hygroscopisch, giebt die letzten Antheile von Wasser, wenigstens bei 100°, sehr schwierig ab.

Fundns ventriculi diffus injicirt, desgleichen das Anfangsstück des Dünndarms und das Rectum. Milz auffällig weich. Unter dem linken Endocardium ein Paar Extravasate.

Ein Litre des im Vacuumapparat concentrirten Diffusats wird mit Natron alkalisch gemacht, filtrirt, mit basischem Bleiacetat gefällt, der Ueberschuss des Bleies im Filtrat mit Schwefelsäure gefällt, der Rest durch Schwefelwasserstoff entfernt, wieder Filtration, Neutralisiren mit Ammoniak, Verdunsten im Wasserbade. Der Rückstand wird in Wasser aufgenommen, vom Leucin abfiltrirt, das Filtrat nochmals verdunstet, der Rückstand mit Alkohol gemischt, das Ammoniumsulfat abfiltrirt, der Weingeist abdestillirt. Retortenrückstand, durch Filtration vom Leucin geschieden, auf 100 CC. wässrige Lösung gebracht. 5 CC. davon erhält ein kleiner Hund. Starke Wirkung, die Durchfälle dauern bis zum dritten Tage. Da diese 5 CC. nahezu ebenso stark wirkten wie 30 CC. des frischen Diffusats, so ist durch die aufgeführten Manoeuvres nicht viel mehr als die Hälfte der Wirksamkeit verloren gegangen. Ein grösserer Theil des wirksamen Stoffes ist zweifelsohne mechanisch im sehr voluminösen Bleiniederschlage zurückgehalten, denn um das Filtrat nicht zu sehr zu verdünnen, wurde nur kurze Zeit ausgewaschen. Weitere Behandlungen, so das Eintrocknen, setzten die Wirksamkeit noch etwas mehr herab. 70 CC. von den letzterwähnten 100 wurden mehr als 24 Stunden bei 100 ° C. ausgetrocknet, sie gaben einen extractdicken Rückstand von 29,92 grm. Hiervon wurden 3,21 grm. in Wasser gelöst, einem kleinen Hunde injicirt. Betäubung gleich nach der Injection, darauf flüssige Fäcaldejectionen unter heftigen Tenesmen. Noch am anderen Tage sichtbares Kranksein und Appetitlosigkeit. Während vor dem Eintrocknen ungefähr 2,1 grm. Rückstand Tage lang anhaltende Durchfälle erzeugt hatten, folgten jetzt 3,2 grm. rascher vorübergehende und weniger intensive Störungen. Es scheint also wol wahr, dass auch an dem von fremden Beimengungen relativ wenig verunreinigten Gifte durch Austrocknen wenigstens bei höheren Wärmegraden eine weitere, wenn auch relativ langsame Zersetzung statt findet.

26 grm. des Extractes, von dem eben berichtet, sind noch weiter in Arbeit genommen worden. Sie wurden zunächst wieder in Alkohol von 94 %, gelöst und filtrirt (wobei Leucin und einige Krystalle, scheinbar Doppelpyramiden (Ammoniumsulfat?) fortfielen), alsdann mit gleichem Volumen Aether versetzt. Derselbe trübt sich sofort milchig und zeigt nach 24 Stunden bei 6 ° einen braunen

dickflüssigen Absatz, in dem noch viele Leucin-Krystalle eingeschlossen sind. Dieser extractdicke Rückstand, auf dem Filter gesammelt, wird solange mit Wasser erwärmt, bis der Geruch nach Aether ziemlich verschwunden ist. Eine völlige Beseitigung des Aethers und Alkohols ist bei den Lösungen putriden Giftes äusserst schwierig. Selbst stundenlanges Erwärmen der extractdicken Masse reicht dazu nicht aus. Ein Drittel dieses Rückstandes in wässriger Lösung erhält ein grosser Hund in eine V. subcutanea abdominis. Der Hund, welcher während des Injicirens vollständig ruhig gewesen, verfällt sofort in tiefen Schlaf mit schnarchenden langsamen Athemzügen. Nach 4 Stunden stirbt er ohne Krämpfe, ohne Erbrechen oder Tenesmen. Bei der Section grossartig unter dem ganzen Endocardium des linken Herzens ausgebreitete Ecchymosirungen. In den obern Schlingen des Jejunum eine mässige hämorrhagische Darmaffection, desgleichen ist die Höhe der Längsfalten des Colon betroffen. Im Uebrigen der Darm gesund. Ich lasse es dahingestellt, in wie weit ein Theil der beobachteten Wirkungen (Schlaf, schnarchende Respiration) einer geringen Aether-Alkoholbeimengung, gegen welche Hunde bekanntlich ausserordentlich empfindlich sind, zuzuschreiben ist. Der abfiltrirte Aetheralkohol wurde der Destillation unterworfen und der Retorten-Rückstand in 20 CC. Wasser gelöst. Die Hälfte desselben tödtet in wenig Minuten unter Betäubung, krampfhaften Brechbewegungen, Streckungen der Extremitäten einen grossen Hund. Die sofort ausgeführte Section ermittelte schon sobald nach der Application des Giftes eine lebhafte Injection der Schleimhaut des Magens und einzelner Darmabschnitte.

Zu wiederholten Malen ist der Ausscheidung von Leucin (Chenopodin, Reinsch) aus alkoholischen und wässrigen Lösungen gedacht worden. Obgleich man in der Regel annimmt, durch Fällen mit essigsaurem Blei alles Leucin abscheiden zu können, lehrt ein Blick in unsere Protocolle, dass in den Filtraten von Bleiniederschlägen das Leucin oft in grossen Quantitäten enthalten ist. Offenbar sind die anderen mit in der Lösung vertretenen Stoffe die Ursache dieser Veränderung des gewöhnlichen Lösungsverhältnisses, welche oft genug auch in anderen Leucin haltenden Gemischen wahrgenommen werden kann. Für unser putrides Gift ist es, da ja fast in allen bis hierzu geprüften Lösungen mehr oder weniger Leucin enthalten war, von grösster Wichtigkeit, den Einfluss des Leucins auf den thierischen Organismus, resp. seine Mitbetheiligung an dem Symptomencomplex der von uns beobachteten Vergiftung festzustellen.

Zu dem Zwecke wurden die aus einer mit heissem Alkohol bereiteten Lösung nachträglich in der Kälte herausgefallenen Krystalle gelöst und in einer Quantität von mehr als 10 grm. einem grossen Hunde injicirt. Bis auf eine geringe Temperatursteigerung blieb die Operation ohne irgend welche Folgen. Das Thier frass eine halbe Stunde später mit Gier und deponirte nach 12 Stunden harte, trockene Fäces. Die Temperatursteigerung ist wahrscheinlich auf Rechnung der den Krystallen anhaftenden Verunreinigungen zu setzen. Denn als in ähnlicher Weise gewonnene Krystalle sorgfältig gereinigt worden waren, so dass sie völlig farblos und nur noch durch Spuren von Tyrosin und Ammoniumsulphat verunreinigt waren, hatte die Injection von 2 grm. durchaus keine Störungen in ihrem Gefolge, ein Resultat, das mit dem schon erwähnten von Billroth und andern übereinstimmt*).

Das bis hierzu Niedergelegte beweist, dass uns in der That die Darstellung einer verhältnissmässig wenig mit anderen Substanzen

---

*) Die von Reinsch behauptete Eigenartigkeit des aus Hefe dargestellten Chenopodins, gegenüber dem Leucin, hat Professor Dragendorff Veranlassung zu Controllversuchen gegeben. In Bezug auf Krystallform und Reactionen, wie Reinsch sie für dieses Chenopodin angiebt, vermag er keinen Unterschied zwischen letzterem und Leucin aufzufinden. Die Lösung gereinigter Krystalle, welche in dem oben beschriebenen Experimente zur Prüfung kam, wird durch Quecksilberoxydnitrat nicht gefällt, aber, falls man nicht sehr sorgfältig vom Tyrosin gereinigt hatte, färbt sie sich mit diesem Reagens innerhalb 24 Stunden roth. Quecksilberoxydulnitrat trübt sehr langsam. Tannin, Goldchlorid, Platinchlorid, Kaliumwismuthjodid und Kaliumquecksilberjodid, Jodjodkalium, Phosphormolybdänsäure fällen nicht. (Goldchlorid wird freilich von dem nicht völlig reinen Stoffe sehr allmählig in 24 Stunden reducirt). Phosphorantimonsäure präcipitirt allmählig. Die wässerige Lösung verhält sich gegen Kupferoxydhydrat in der Wärme genau wie die des Leucins, d. h. sie liefert zwei Verbindungen, eine in Wasser schwer lösliche krystallinische und eine in Wasser leicht lösliche gesättigt blau gefärbte. Auch das Verhalten gegen Lösungsmittel entspricht, wenn man den Körper erst einmal völlig gereinigt hat, dem des Leucins. Es bleibt also nur, im Ergebnisse der Elementaranalyse die unterscheidenden Merkmale zu suchen. Hier liegt nach Reinsch der Schwerpunkt. Das Chenopodin soll zwei Aequivalente Sauerstoff (= 16) mehr, als das Leucin enthalten, bei sonst gleicher elementarer Zusammensetzung. Zwei Proben völlig reiner Substanz von verschiedener Darstellung lieferten bei der Verbrennung mit chromsaurem Blei resp. 52,6 % und 51,8 % C; resp. 9,8 % und 10,3 % H; resp. 27,7 % u. 28,0 % O und beim Glühen mit Natronkalk 9,9 % N. Der aus Hefe isolirte (und bei 100° getrocknete) Stoff hatte also die Formel $C_6H^{13}NO^2 + \frac{1}{2} H^2O$, war demnach Leucin + geringer Menge anhängenden Wassers, welches bei stärkerem Trocknen zweifellos abgegeben wird.

verunreinigten Lösung des auf den thierischen Organismus in specifischer Weise einwirkenden Bestandtheiles faulender Flüssigkeiten gelungen ist. Wir sind uns wohl bewusst, dass der Evaporationsrückstand unserer Lösungen noch nicht zur Elementaranalyse reif ist, weil immer noch bedeutende Mengen von Leucin neben kleinen Quantitäten von Tyrosin, Ammonium- und Natriumsalzen dasselbe verunreinigen. Aus unseren gereinigten Lösungen ist aber durch Fällung oder wiederholtes Wechseln der Lösungsmittel der gesuchte Körper rein zu erhalten. Die Arbeiten, welche diesem letzten Schritt in der Reingewinnung des Körpers gewidmet sind, sind zu einem völligen Abschlusse noch nicht gelangt — ich werde sie weiter in unserer dritten Versuchsreihe entwickeln und nur zum Schlusse dieses Abschnittes auf einige, aber entscheidende Versuche in Form einer vorläufigen Mittheilung eingehen.

Als durch unsere Arbeit und zwar durch das bis hierzu Vorgebrachte schon erwiesen, betrachten wir:

1) dass die Wirkung faulender organischer Substanzen nicht durch die Aufnahme niederer thierischer oder pflanzlicher Organismen bedingt ist — denn wir haben sie erzielt durch Lösungen, die 90- und 94-procentiger, also fast absoluter Alkohol, und auch Aetheralkohol besorgt hatte, Lösungen, aus denen mehrfach sehr voluminöse Niederschläge, welche Pilze und andere Wesen einschliessen und mit sich zu Boden reissen mussten, gefällt waren, und die vor der Anwendung oft zwanzigmal filtrirt waren, Lösungen endlich, die 1—2 Stunden, nachdem sie längere Zeit, bis 8 Stunden, auf 100° erhitzt waren, den Hunden beigebracht sind;

2) dass die deletäre Wirkung der Fäulnissprodukte nicht an die molekulären Bestandtheile der betreffenden Flüssigkeiten gebunden ist. Selbst der molekuläre Detritus feinster Zertheilung ist durch unsere Maassnahmen sicher zurückgehalten worden. Flüssigkeiten — Lösungen — sind die Träger des Giftes;

3) dass die gedachte Wirkung nicht von inneren Bewegungszuständen der sich zersetzenden Albuminate abhängt, sondern hervorgerufen wird durch ein bei dem Fäulnissprocesse stickstoffhaltiger Körper wie es scheint jedesmal — gebildetes Gift im Sinne Panums;

4) dass dieses Gift nicht flüchtig, aber diffusibel ist;

5) dass es aus albuminfreien, sogar auch — wie wir gleich auseinandersetzen werden — albuminarmen Flüssigkeiten in alkoholische Lösung übergeht;

6) dass dasselbe, „das putride Gift", kein Proteïnkörper ist.

Es soll nicht gesagt sein, dass die Entstehung des putriden Giftes unabhängig von Albuminaten und unabhängig von organisirten Wesen oder Fermenten erfolgen könne, wol aber, dass es, einmal fertig ohne sie existiren und wirken kann. Auch will ich a priori zugestehen, dass ein Hineinbringen der Vibrionen und Pilzkeime faulender Flüssigkeiten in den Kreislauf eines Thieres schädliche Folgen haben kann — allein das was man putride Intoxication oder septische Infection genannt hat, ist Wirkung unseres putriden Giftes. Gesetzt, das putride Gift werde aus den Albuminaten unter dem zersetzenden Einflusse organisirter Fermente gebildet, so wäre es denkbar, dass innerhalb der Blutbahn das in die Circulation gekommene Ferment gleichfalls unser Gift producirt. Demgemäss könnte die Injection unverarbeiteten faulenden Blutes oder anderer faulender Fluida stärkere Wirkung entfalten, als der in der beigebrachten Portion enthaltenen Giftmenge entspricht, oder es könnte die Entwickelung der Vergiftungssymptome eine andere sein als bei Benutzung ganz reinen fermentfreien Giftes. In einem späteren Theile meiner Arbeit soll diesem Punkte mehr Aufmerksamkeit zugewandt werden; hier sei nur bemerkt, dass je reiner das Gift, desto rascher sowol die Entwickelung als besonders auch die Rückbildung der Vergiftung — vielleicht durch raschere Ausscheidung der Noxe — zu geschehen scheint.

Für wahrscheinlich halte ich es, dass die oft erwälnte Reaction mit Salpetersäure in näheren Beziehungen zum putriden Gifte steht. So oft eine der an Hunden geprüften Lösungen sich wirksam erwiesen hatte, zeigte sie diese Reaction und zwar stand die Intensität der Orange-Färbung in geradem Verhältnisse zur jeweiligen Wirkungsintensität der geprüften Lösung. Wo die Wirkung so gut wie Null war oder gänzlich fehlte, war auch diese Reaction nur äusserst schwach entwickelt oder blieb ganz aus. Ehe das putride Gift ganz rein vorliegt und chemisch näher bestimmt ist, bleibt es natürlich dahingestellt, ob die Reaction ihm als solchem oder einem seiner steten Begleiter zukommt. Bis dahin darf ich noch einmal hervorheben, dass das putride Gift in völlig eiweissfreien Lösungen chemisch gekennzeichnet ist durch diese Reaction und unterschieden ist von den Peptonen durch seine Löslichkeit in Alkohol, seine Nichtfällbarkeit durch basisch essigsaures Bleioxyd und den Mangel der Kupferoxyd-Kali-Reaction.

Demjenigen Abschnitte dieser Studien, welcher mit der fortgesetzten Reinigung und chemischen Analyse des putriden Giftes sich zu befassen hat, soll noch eine Gruppe von Versuchen vorausgestellt werden. Trotz der Umständlichkeit der bis jetzt von uns eingeschlagenen Methode, durch Diffusionen ein eiweissfreies Material zu schaffen und dann dieses weiter zu verarbeiten, geht doch bei derselben der grösste Theil des wirksamen Stoffes verloren, denn er bleibt, wie erwähnt, im Dialysator. Da einmal mit solchen Verlusten gearbeitet werden muss, ist es sehr wohl denkbar, dass aus eiweissarmen aber stark wirkenden Flüssigkeiten bei ähnlicher Behandlungsweise, wie sie unserem Diffusate zu Theil wurde, noch hinlänglich viel putrides Gift in die alkoholische Lösung übergeführt werden könnte. Die thierischen faulenden Flüssigkeiten sind, wenn sie stark wirken, wol immer relativ reich an Albuminaten, so dass auch diese Frage am geeignetsten an der Hefe erörtert werden kann. Die in dieser Richtung von uns unternommenen Versuche schliessen sich schon desshalb hier am zweckmässigsten an, da sie ihrerseits die Beziehungen des putriden Giftes zu den schon besprochenen Fällungs- und Lösungsmitteln bestätigen.

50 CC. filtrirter Hefe im dritten Monate der Fäulniss werden mit 50 CC. Weingeist von 75 % gemengt. Nach dreitägiger Maceration wird filtrirt und vom Filtrate der Alkohol abgedunstet. Von den hinterbleibenden 50 CC. erhält ein kleiner Hund 25. Sichtbare Prostration. Nach einer halben Stunde Erbrechen, nach einer Stunde flüssige Ausleerungen. Dieselben halten bis zum vierten Tage an, an welchem das Thier verendet. Bei der Section der typische Befund.

Es lässt sich also unmittelbar aus dem Filtrate der faulenden Hefe durch wässrigen Alkohol wirksame Substanz ausziehen, was beim faulenden Blute nicht gelingt. Schmitz, der mit Blut einschlägige Untersuchungen anstellte (cf. Exp. 42—46), kommt daher consequenter Weise zum Schlusse, dass Alkohol das putride Gift nicht löst.

Die aufs Neue constatirte Löslichkeit des putriden Giftes in Alkohol, sowie sein mehrfach festgestelltes Diffusionsvermögen forderten auf das eben geprüfte alkoholische Extract einer Diffusion mit Alkohol zu unterwerfen, möglich, dass das Diffusat besonders rein den gesuchten Körper liefern würde. Allein der gleich zu skizzirende Versuch blieb ohne genügende Resultate.

Nachdem 200 CC. gefaulter Hefe mit 200 CC. Weingeist gemengt waren, diffundirten sie mit 500 CC. Alkohol von 37 %. Der Rückstand aus dem Diffusate (530 CC.) nach Abdestilliren des Alkohols betrug 50 CC. 24 CC. desselben blieben ohne bemerkbare Folgen. Zum zweiten Male dienten neue 500 CC. Weingeist von 37 % einer 48-stündigen Diffusion. Der Verdunstungsrückstand dieses Diffusats maass 100 CC. 24 CC. davon äusserten keine bemerkenswerthen Wirkungen, nur dass noch nach 24 Stunden der Hund keine Fresslust verrieth. Der Rest, im Dialysator filtrirt und auf 150 CC. verdunstet, verhielt sich in einer Quantität von 24 CC. ungleich wirksamer. Die unmittelbar sonst der Injection folgende Betäubung fehlte zwar, aber schon nach 4 Stunden profuse Durchfälle, die auch den folgenden Tag über anhalten. Es entwickelt sich eine linksseitige Phlegmone des Kopfes und Gesichts mit Exophthalmus des betreffenden Auges. Tod am dritten Tage. Die ganze Kopfschwarte ist von einem colossalen Abscesse unterminirt, der mit einem retrobulbären zusammenhängt und sich längs des Schläfemuskels bis über den Jochbogen hinabzieht. Die innern Organe sind gesund, nur im Jejunum eine zwei Fuss lange Strecke geschwellt und dunkel braunroth verfärbt.

Verglichen mit den Resultaten bei Verarbeitung der wässrigen Diffusate hat diese mühsame Procedur so gut wie nichts geleistet. Allerdings darf nicht unerwähnt bleiben, dass die zur Verwendung gekommene Hefe wohl weniger wirksam als die sonst benutzten Ansätze war, denn das zu ihrer Darstellung verwandte Material war von vornherein mittelst Essigsäure von Salzen, und namentlich Phosphaten, befreit worden.

Wir sahen uns genöthigt zur Entfernung der fremden Beimengungen wieder auf das Eintrocknen mit Bleioxyd zurückzugreifen.

1500 CC. gefaulter Hefe trockneten im Wasserbade mit 100 grm. Bleioxyd während 48 Stunden ein. Die extractdicke Masse wurde mit 1000 CC. Weingeist von 75 % zwei Tage hindurch macerirt und dann filtrirt. Der Rückstand ist in derselben Weise noch einmal mit Alkohol erschöpft worden. Die Filtrate wurden mit Schwefelsäure und Schwefelwasserstoff entbleit und nun durch Destillation vom Alkohol getrennt. Es war das Neutralisiren der Flüssigkeit vor der Destillation vergessen worden, so dass durch 12 Stunden etwa dieselbe mit freier Schwefelsäure, wie sich später zeigte, von nicht unbedeutender Quantität (durch Sättigung mit titrirter Aetzammoniakflüssigkeit wurden 2,48 grm. ermittelt), erhitzt worden ist. Der hinterbleibende Retorten-Rückstand betrug 300 CC.; nachdem eine aus diesem abgesetzte schwarze theerartige Masse durch Filtration entfernt war, wurde er auf 400 CC. verdünnt. Von diesem kamen zur Probe an einem mittelgrossen Hun e 8 CC. Sofort Betäubung, Brechbewegungen. Nach 3 Stunden Beginn der Diarrhoe. In der Nacht darauf mehrere chocoladfarbene dunkele Ausleerungen. Noch am 5. Tage ist das Thier matt und appetitlos. 350 von den 400 CC. wurden weiter im Wasserbade zur Extractdicke verdunstet und der Rückstand mit dem einfachen Volumen Weingeist von 75 % Tr. 48 Stunden lang macerirt, vom Filtrat der Alkohol abdestillirt; der Rückstand, noch einmal durch Filtration von ausgeschiedenem Leucin befreit, wurde auf 300 CC. gebracht und durch 21-stündige Digestion mit Kohle gereinigt — dann zur Syrupconsistenz eingedickt und in 8 Raumtheilen Alkohol von 95 % gelöst. Zur alkoholischen Lösung Zusatz von ¼ Volum Aether. Der hierbei sich bildende Niederschlag, aus dem durch Abdunsten der Aether entfernt war, löste sich in 100 CC. Wasser. Die Lösung wird durch Gerbsäure stark gefällt. Nachdem sie angesäuert worden, giebt sie auch mit Kaliumwismuthjodid und mit Phosphormolybdänsäure reichliche Niederschläge, Jod-Jodkalium und Kaliumquecksilberjodid fällen ebenfalls. 24 CC. derselben Solution werden einem kleinen Kasseler Hündchen injicirt. Betäubung vollständig. Erbrechen. Krampfhafte Respiration mit Streckungen im Nacken und den Extremitäten. Nach einiger Zeit Durchfälle bis zum Tode in acht Stunden. Darmentzündung mässig. Blutaustretungen unter dem Endocardium reichlich. Milz gesund. Der ersten Fällung mit ¼ Vol. Aether folgte eine zweite mit dem gleichen Volumen. Nach Verdunsten des Aethers vom Niederschlage Lösung dieses in 100 CC. Wasser, von denen 14 ein kleiner Hund erhielt. Sofortiges Erbrechen, Tenesmen, Diarrhoe. Tod nach 12 Stunden. Typischer Sectionsbefund. Von 80 CC. des Restes, welche 20 Stunden hindurch mit Thierkohle digerirt waren, tödteten 16 CC. einen grossen Hund unter Betäubung, Erbrechen und profuser Diarrhoe. Der nach zweimaliger Aetherfällung in Lösung gebliebene Theil wurde nach Abdestilliren des Alkohols gleichfalls auf 100 CC. gebracht — zuvor war er mit Kohle gereinigt worden. 8 CC. wirkten schwach, bloss nach zwei Stunden mehrmaliges Erbrechen. 24 CC. tödteten unter dem oft erwähnten Bilde in 24 Stunden einen mittelgrossen Hund.

Wir finden in vorgelegtem Versuche, dass sowol die durch Aether gefällten als auch nicht gefällten Bestandtheile der von 95 % Alkohol in Lösung genommenen Massen hinlänglich viel Wirksames bargen. Noch andere Fällungen, von denen zunächst nicht die Rede sein wird, verhielten sich dieser sehr ähnlich, sowol im Niederschlage als in der darüber stehenden Flüssigkeit fanden sich die charakteristischen Wirkungen bald in gleich starker bald in etwas verschiedener Intensität vertreten.

Es dürfte hier auch der passende Ort sein ein Paar Worte über ·die Wirkung der Kohle auf das putride Gift einzuschalten. Bereits früher wurde eines Versuches gedacht, bei dem durch gereinigte Thierkohle offenbar eine Absorption beträchtlicher Mengen des wirksamen Stoffes stattgefunden hatte. Hier liegen Resultate vor, bei denen eine Abschwächung durch das bezeichnete Mittel nicht so klar hervortritt. Eine Erklärung dieser Differenzen kann nur in der Verschiedenheit der mit Kohle behandelten Flüssigkeiten, in der An- oder Abwesenheit fremder Stoffe gesucht werden, die, indem sie selbst von der Kohle fixirt werden, auch den wirkenden Stoff dieser anlöthen, oder welche, wo sie sich selbst der Aufnahme durch die Kohle widersetzen, auch das Gift vor Absorption bewahren. Jedenfalls sprechen noch andere Beobachtungen, auf die wir hier noch nicht weiter eingehen können, dafür, dass, solange man die Wirkung der Kohle nicht sicher berechnen kann, man besser thut, sie bei den Isolirungsversuchen des Giftes nicht zu benutzen. Schmitz (S. 46—51) hat der Behandlung von faulendem filtrirten Blute mit Kohle seine besondere Aufmerksamkeit zugewandt. Es stimmen seine Resultate mit der hier angedeuteten Interpretation.

Das eben besprochene Ergebniss der Aetherfällungen bestätigt ein dem betreffenden vollkommen paralleler zweiter Versuch.

1500 CC. gefaulter Hefe mit 100 grm. Bleioxyd eingedampft, mit 1500 CC. Weingeist von 75 % macerirt, nach 48 Stunden filtrirt; Blei durch Schwefelsäure und dann der Rest desselben durch Schwefelwasserstoff beseitigt, Filtrat mit Ammoniak neutralisirt, Alkohol abdestillirt, filtrirt; Filtrat möglichst eingedampft, in absoluten Alkohol aufgenommen, vom Ammoniumsulfat und Leucin abfiltrirt; Filtrat mit ¼ Volumen Aether gemischt. Das durch Aether Gefällte vom Aether durch Abdunsten befreit und in 200 CC. Wasser gelöst. 30 CC. davon in die V. saphena eines riesigen Hundes. Unruhe, Betäubung, Tenesmen, flüssige Ausleerungen. Das Thier ist auch an den folgenden Tagen sichtbar krank, fiebert und verschmäht sein Fressen. Am 12. Tage nach der Operation wird es todt gefunden. Ausser deutlichen Spuren überstandener Darmentzündung liegt eine beiderseitige Pleuritis mit reichlichem jauchigem Exsudate vor. Die eben geprüfte Flüssigkeit wird mit salpetersaurem Quecksilber-Oxydul und -Oxyd stark amorph gefällt. Der anfänglich weisse Oxydulniederschlag wird schnell grau, eine rasch eintretende Reduction, welche der weiteren Verwerthung dieses Sedimentes wenig Aussicht eröffnet. Die über dem Oxydpräcipitate stehende Flüssigkeit färbt sich roth. Gerbsäure fällt reichlich, ebenso Phosphormolybdänsäure. Letzterer Niederschlag wird durch Reduction schnell grünlich. Kaliumwismuthjodid fällt die angesäuerte Flüssigkeit sogleich, Kaliumquecksilberjodid allmählig. Phosphorantimonsäure giebt ebenfalls einen Niederschlag.

Genau wie oben folgte der ersten Ausfällung durch ¼ Vol. Aether eine zweite durch das gleiche Volumen. Der Niederschlag auf 100 CC. Lösung gebracht wirkt in einem Quantum von 15 CC. schwach. Von der Aetheralkohollösung wird der Aetheralkohol abdestillirt und der Rückstand in 250 CC. Wasser gelöst. 16 CC. einem grossen Hunde injicirt tödteten denselben nach vorhergegangenem Erbrechen in zwei Stunden. Auffallend gering entwickelte Darmentzündung. Blutaustretungen unter dem Endocardium vorhanden, doch spärlich. 10 CC. der ähnlich der ersten Aetherfällung reagirenden Flüssigkeit hinterlassen 1,745 grm. Rückstand mit nur 0,0213 grm. Asche.

Der Verlust an putridem Gifte ist bei Bereitung der zuletzt beschriebenen gereinigten Lösungen unmittelbar aus dem Hefefiltrate grösser, als wo eine analoge Lösung aus dem Diffusate hergestellt worden war. Aus 1500 CC. Hefefiltrat, welches in einer Gabe von 8 CC. tödtlich wirkte, waren 400 CC. einer Lösung gewonnen, welche in 8 CC. noch nicht, wahrscheinlich erst in 12—16 CC. tödtlich wirkte. Es liegt also eine scheinbare Abschwächung um das 6—7-fache vor, während, wie oben angeführt ist, die in gleicher Weise aus den Diffusaten hergestellten Lösungen nur Abschwächungen um das zweifache erfahren hatten. Jedenfalls ist nur ein Theil des Giftes durch Zersetzung verloren gegangen, die grössere Menge ist mit in den verschiedenen Niederschlägen sitzen geblieben.

Immerhin folgt aus den letzten Gruppen unserer Versuche, dass sehr wohl aus dem Filtrate faulender Hefe — also einer eiweisshaltigen freilich eiweissarmen Flüssigkeit — relativ wenig verun-

reinigte Lösungen des putriden Giftes dargestellt werden können.
Steht solches fest, so darf ein bequemer Weg aus diesen Lösungen
noch den grössten Theil der Aschenbestandtheile zu entfernen, nicht
übersehen werden. Es ist oben angeführt, dass die Wirksamkeit
der Hefe durch wiederholte Diffusionen allerdings etwas herabgedrückt, aber nicht völlig aufgehoben wurde und es ist ferner eben-
daselbst hervorgehoben, dass schon im ersten Diffusate die meisten
anorganischen Salze enthalten sind. Mithin müsste eine schon einmal der Diffusion ausgesetzte Hefe die Möglichkeit gewähren, den
letzten alkoholischen Auszug ziemlich frei von Aschenbestandtheilen
zu machen. Nach diesem Plane ist in folgendem Versuche gearbeitet worden.

Das benutzte etwa 3000 CC. messende Hefefiltrat war fünf-
mal der Diffusion ausgesetzt gewesen und enthielt bloss 1,052 %
Asche. 16 CC. wirkten tödtlich. Es wurde mit 200 grm. Bleioxyd
auf 1300 CC. eingedampft und dann mit 200 CC. Weingeist von
75 % gemengt. Das Filtrat entbleit, verdunstet, wieder in Alkohol
von 88 % aufgenommen, durch Aether gefällt. Der ätherfreie
Niederschlag in Wasser gelöst bewirkt an einem kleinen Hunde
nur rasch vorübergehende Störungen. Die Aetheralkohollösung wird
verdunstet und der Rückstand von 200 CC. Wasser aufgenommen.

In einer Reihe von Experimenten, welche ich in Nachfolgendem aufzähle, ist die Wirkung dieser braunrothen, klaren 200 CC.
geprüft worden.

Ein riesig grosser Hund erhielt 8 CC. in die Saphena. Zu
Ende der Injection Schnaufen und Toben rasch in Betäubung über-
gehend. Tenesmen. Mehrere fäculente breiige Ausleerungen.
Grosse Mattigkeit, die Seitenlage wird nicht aufgegeben. Am anderen
Tage Appetit vorhanden.

Ein etwas weniger grosser Hund erhielt in derselben Weise
12 CC. Schon beim Losbinden des betäubten Thieres Erbrechen,
das sich später noch einige Male wiederholt. Sehr frequente Respiration. Nach einer Stunde Durchfälle. Dieselben halten während
der nächst folgenden Tage an. Am 10. Tage wird das Thier todt
gefunden. Peritonitis durch brandige Darminvagination. Im Magen
zahlreiche runde aus Extravasaten entstandene Erosionen. Dem zum
ersten Experimente benutzten Hunde wurden, nach 5 Tagen schein-
baren Wohlseins, 14 CC. in eine subcutane Vene gebracht. Betäubung dauert lange. Nach ¼ Stunde Erbrechen, das sich mehrere

Male wiederholt. Diarrhoe. Tod am anderen Tage. Hochgradige Gastro-Enteritis. Milz weich zerfliessend.

16 CC. bewirkten, in eine Hautvene applicirt, an einem grossen Hunde Betäubung, Brechbewegungen, Erbrechen, Diarrhoe, so dass an dem bewegungslosen Thiere die missfarbige dunkele Jauche gradezu aus dem After strömte. In 4 Stunden Tod. Die Section, erst nach 24 Stunden vorgenommen, zeigt weit vorgeschrittene Zersetzung, Leichenimbibition allüberall. Die hämorrhagische Darmentzündung beginnt erst ungefähr 3 Fuss hinter dem Pylorus und erstreckt sich bis an den After. Reichliche schleimig-gallertige Flüssigkeit im Darmrohr. Unter dem linken Endocardium grosse weit verbreitete Extravasate. Nieren ausserordentlich hyperämisch.

Noch einmal 16 CC. erhielt ein mittelgrosser Hund in die Cephalica. Lange Narcose, so dass die künstliche Respiration nöthig wird. Etwa alle halbe Minute ein krampfhafter Athemzug, dann oberflächliches, sehr frequentes Respirium. Nach einer halben Stunde steht der Hund mühsam auf, erbricht reichlich,, legt sich wieder auf den Boden, drängt krampfhaft und producirt dunkle blutige Fäces. Nach 2 Stunden Tod. Darmentzündung nur stellenweise hochgradig, die Milz gewaltig geschwellt und zerfliessend weich.

Die beiden Versuchsreihen, welche den Inhalt vorliegender Arbeit bilden, entwickeln den Weg, der zur Darstellung einer relativ wenig verunreinigten Lösung des putriden Giftes führt. Ueberblicken wir denselben noch einmal! Als die zweckmässigste Methode darf diejenige bezeichnet werden, welche zunächst die Herstellung eines Diffusats, wie wir es aus faulender Hefe gewonnen, verlangt. In welcher Weise das beste, d. h. das wirksamste und zugleich doch an anderweitigen zumal anorganischen Substanzen ärmste Diffusat darzustellen ist, folgt aus den mitgetheilten Diffusionsversuchen noch nicht. Es machen diese den Eindruck, als ob in der Wirksamkeit des ersten und der späteren Diffusate kein wesentlicher Unterschied besteht. Wäre solches richtig, so müsste zur weiteren Verarbeitung das zweite, dritte oder vierte Diffusat entschieden geeigneter sein, denn diese enthalten, wie oben gezeigt ist, weniger Aschenbestandtheile als jenes. Allein Diffusionsversuche, die hier nicht niedergelegt sind, die aber mit faulendem Blute in jüngster Zeit durchgeführt wurden, bestätigen die Gleichmässigkeit der Wirkungen verschiedener Diffusate nicht, vielmehr übertreffen nach ihnen die ersten Diffusate die anderen um etwas an Wirkungsintensität. Demnach dürfte einstweilen das Operiren mit dem ersten, bloss durch 24-stündige Diffusion zu Stande gekommenen Diffusate, noch nicht zu verwerfen sein. Das Diffusat wird weiter im Wasserbade mit Bleioxyd zur Extractconsistenz eingedampft. Die extractdicke Masse wird mit starkem Alkohol (70—80° Tr.) bei Zimmertemperatur etwa 24—48 Stunden hindurch macerirt. Das alkoholische Filtrat ist durch Schwefelsäure zu entbleien, bloss der Rest des Bleies sollte mit Schwefelwassersoff entfert werden. Es ist nämlich die Entfernung des gesammten Bleiüberschusses durch Schwefelwasserstoff weniger gut, weil dabei mehr Wirksames, als wenn in der angegebenen Weise verfahren wurde, verloren geht. Das entbleite alkoholische Filtrat lässt man stark abkühlen, wobei der grösste Theil des mit in die Lösung gegangenen Leucins ausscheidet. Alsdann wird der Alkohol abdestillirt und der Retortenrückstand in Wasser gelöst. Eindampfen, Lösen in starkem Alkohol, Kühlen, Destilliren und Wiederaufnehmen in Wasser kann behufs weiterer Ausscheidung von Verunreinigungen, zumal des Leucins, noch ein oder ein Paar Mal wiederholt werden.

Vortheilhafter, allein bis jetzt zu wenig erprobt, scheint es, das Diffusat einfach für sich bis zur Extractconsistenz einzudicken — im Wasserbade, vielleicht noch besser unter gelinderer Wärme (Sonnenwärme bei zur Vermeidung von Schimmelbildungen genügendem Luftzuge) oder am besten im Vacuumapparate. Alsdann Ausziehen mit Alkohol. Die alkoholische Lösung wird durch Destillation vom Alkohol befreit, der Retortenrückstand in Wasser aufgenommen und nun erst in der neutralisirten wässrigen Lösung die Fällung durch Bleiessig vorgenommen. Das entbleite Filtrat enthält reichlich die wirksame Substanz.

Aus faulender Hefe gelingt es mit Umgehung der Diffusion gleichfalls ein nicht unbeträchtliches Quantum des putriden Giftes in alkoholische Lösung zu bringen. Zu dem Zwecke wird im Allgemeinen das Filtrat aus faulender Hefe ebenso behandelt wie das Diffusat. Um den Gehalt der also dargestellten alkoholischen Lösung an anorganischen Substanzen in etwas zu schmälern, kann ein Filtrat von faulender, zuvor der Diffusion ausgesetzt gewesener Hefe benutzt werden. Es ist solches möglich, weil der nach beendetem Diffusionsprocesse im Dialysator gebliebene Theil der Hefe noch hinlänglich kräftig wirkt.

In der beschriebenen Weise lässt sich das putride Gift nicht bloss aus faulender Hefe gewinnen, sondern auch aus faulendem Blute. In einer demnächst erscheinenden Dissertation des Herrn Peterson wird über eine ähnliche Verarbeitung des Diffusats von faulendem Blute berichtet werden. In meiner ersten Versuchsreihe, in welcher ich mit faulendem Blute arbeitete, ist grade den alkoholischen Lösungen besonders wenig Aufmerksamkeit geschenkt worden, weil ich in dem Vorurtheil befangen war, dass das Wirksame vorzugsweise in den alkoholischen Niederschlägen enthalten sein müsse. Nachträglich indess habe ich eine meiner damaligen alkoholischen Lösungen, welche ich durch einen günstigen Zufall mehr als neun Monate lang aufbewahrt hatte, prüfen können. Faulendes angesäuertes Blut war gekocht und colirt worden. Die also gewonnene Flüssigkeit dunstete in offenen flachen Schalen, in einem heissen der Sonne ausgesetzten Raume und bei lebhaftem Luftzuge allmählig ein. Sie schimmelte nicht, liess aber, da sie mit Ammoniak alkalisch gemacht wurde, reichlich grosse Krystalle von phosphorsaurer Ammoniak-Magnesia ausfallen. Zu der etwa auf ihren zehnten Theil concentrirten Masse wurde das doppelte Volum Alkohol gesetzt. Aus dem hiernach zu Stande gekommenen Präcipitate ist nicht viel Wirksames gewonnen worden. Das alkoholische braune Filtrat, welches in einer geschlossenen Flasche, wie erwähnt, neun Monate aufbewahrt war und sich völlig klar erhalten hatte, wurde durch Abdunsten vom Alkohol befreit. Der Rückstand enthielt entschieden wirksame Substanz.

Ich habe diesen Versuch nicht übergehen wollen, weil er zeigt, dass auch in faulender thierischer Materie sich das putride Gift ebenso verhält, wie in der faulenden Hefe.

Ich darf daher als Resultat dieser Arbeit den Nachweis des schon von Panum gemuthmassten specifischen putriden Giftes ansehen, da die Herstellung einer verhältnissmässig nur wenig verunreinigten Lösung desselben gelungen ist. Dass unsere Methode der Herstellung die einzig mögliche und beste ist, behaupte ich keineswegs, sie ist aber die bis jetzt zuerst und einzig gelungene. Unsere Methode arbeitet mit grossen Verlusten an wirksamer Substanz. Sie beginnt schon mit einem Materiale, dem Diffusate, das in seiner Wirksamkeit sich ungleich schwächer verhält, als der faulende Körper, aus dem es abgeleitet wurde. Der Bleiniederschlag im Diffusate ist, wie oft erwähnt, sehr voluminös, es kann nicht fehlen, dass derselbe viel von der wirksamen Substanz einschliesst und also zurückhält. Das habe ich direct zeigen können in verschiedenen Versuchen meiner ersten Reihe, denn ich habe damals zu wiederholten Malen mir unzweifelhaft wirkende Lösungen aus den analogen Bleiniederschlägen verschaffen können. Neben diesem Verluste durch ein mehr mechanisches Zurückhalten des putriden Giftes, geht ein anderer Theil desselben wol auch durch Zersetzung, sowol bei dem Eindampfen an sich, als namentlich bei dem Eindampfen mit dem Bleioxyd verloren.

Ist aber das putride Gift erst in alkoholische Lösung übergeführt, so geht es nicht mehr so leicht verloren, im Gegentheile die Verluste beim Abdestilliren des Alkohols, Lösen des Rückstandes im Wasser, Eindampfen im Wasserbade, wiederum Lösen in Alkohol, Destilliren u. s. w. scheinen unerheblich. Freilich fehlt mir noch zur genaueren Bemessung des hierdurch Verlorenen eine exacte Versuchsreihe — indess ist durch die Experimente auf S. 42, 47, 48 doch klar gezeigt, dass freilich Zersetzung wirksamer Substanz bei diesen Proceduren und daher Verluste an Wirksamkeit vorkommen, dass aber diese im Ganzen unerheblich sind. Wenn 24 Stunden lang bei 100° eine in 2,1 grm. energisch wirksame Substanz eingetrocknet wurde, waren nach dem Eintrocknen zu einem annähernd gleichen Wirkungsgrade mehr als 3,21 grm. erforderlich. Bei dem einfachen Eindampfen einer concentrirten wässrigen Lösung, sowie bei dem Abdestilliren des Alkohols, bedarf es selbstverständlich gar nicht so lang fortgesetzter heftiger Angriffe gegen den zu reinigenden Körper. Der angezogene Versuch sollte nur das Widerstandsvermögen des putriden Giftes unter Verhältnissen zeigen, unter welchen leicht zersetzbare organische Verbindungen sonst zu zerfallen pflegen. Hierdurch ist die Möglichkeit der Darstellung eines chemisch reinen putriden Giftes garantirt.

Wiederholtes Reinigen auf dem bezeichneten Wege oder Anwendung von passenden Fällungsmitteln, sei es für das putride Gift selbst, oder die ihm noch beigegebenen fremden Substanzen muss dasselbe in der zur Elementaranalyse nothwendigen Reinheit liefern. In dieser Beziehung sind von uns schon Versuche angestellt worden. Ich weise zunächst auf die S. 46 und 54 erwähnten Aetherfällungen hin. Wirft man den ersten durch Aether erzeugten Niederschlag fort, so hat man eine nicht unbedeutende Menge fremder Stoffe beseitigt und doch eine nur wenig abgeschwächte hinlänglich stark wirkende Lösung zurückbehalten. Es scheint sogar, worüber uns ein Versuch vorliegt, vortheilhaft, sofort statt mit Alkohol, mit Aetheralkohol zu extrahiren. Aether ist nicht der einzige Körper, den wir zu Fällungen benutzt haben — in der Beziehung stehen uns schon jetzt nicht wenig Erfahrungen zu Gebote. Ein Theil der erprobten Fällungsmittel schlägt mit anderen Substanzen zu viel Wirksames nieder, so die Gerbsäure; das Nicht-Gefällte, das Filtrat, ist wirksam, aber sehr bedeutend abgeschwächt — und aus dem Niederschlage lässt sich auch, freilich noch weniger intensiv Wirkendes herstellen. In anderen Fällen wird das putride Gift ziemlich vollständig gefällt, aber bei Zersetzung des Niederschlages scheint auch das Gift zersetzt zu werden, — es lässt sich nicht mehr wiedergewinnen, sondern bleibt verloren. Eines aber haben diejenigen Reinigungsversuche, welche ich schon jetzt zu überschauen vermag, deutlich ergeben, das nämlich, dass das putride Gift ohne die einzelnen erwähnten Verunreinigungen sehr gut für sich bestehen kann. Ich habe Gelegenheit gehabt Lösungen zu prüfen und wirksam zu finden, die kein Leucin enthielten, ferner solche, die keine oder nur Spuren von anorganischen Bestandtheilen (Chlornatrium) bargen, und endlich solche, die völlig farblos waren, sei es, dass der Farbstoff durch Digeriren mit Kohle entfernt oder auf anderem Wege zerstört war.

Der Bericht über das mit Erfolg fortgesetzte Reinigungsverfahren gehört unserer dritten Versuchsreihe an. Nur soviel darf ich hier nicht unerwähnt lassen, dass bis jetzt ein Fällungsmittel — Sublimatlösung — am meisten zu versprechen scheint. Es versteht sich von selbst, dass nur in den relativ reinsten Lösungen die Leistung dieses Reagens Bedeutung hat. Schon an den reinern, freilich schwach wirkenden, Lösungen meiner ersten Versuchsreihe, hat mein College, Dr. Schmiedeberg Versuche zum Isoliren des putriden Giftes durch Anwendung verschiedener Fällungsmittel angestellt und hierbei dem Sublimate relativ am meisten Erfolg zu danken gehabt. Wir haben jüngst eine reine stark wirkende Lösung mit Sublimat gefällt. An Fröschen zunächst wurde festgestellt, dass aus dem Filtrate wirklich alles Wirksame geschwunden. Der durch Schwefelwasserstoff zersetzte Niederschlag gab an Wasser eine syrupöse, ziemlich farblose Masse ab, welche in minimaler Dosis Frösche specifisch und tödtlich afficirte. Etwa zwei Decigrammes derselben wurden in 20 CC. Wasser gelöst einem grossen Hunde injicirt. Sofort Aufheulen, Horripilationen über den ganzen Körper, dann Betäubung; nach einigen Minuten Erbrechen, Tenesmen, profuse Diarrhoe, die in 10 Stunden zum Tode führt. Bei der Section: hämorrhagische Entzündung des Fundus ventriculi, des

Duodenum, des ganzen Ileum und besonders des Colon und Rectum. Milz weich, sonst gesund. Extravasate unter dem Endocardium, besonders auf den Papillarmuskeln und an den Aortenklappen.

Diese Mittheilungen schliessen die erste Lieferung meiner Arbeit. Ich habe erwähnt, dass eine noch weitere Reinigung, resp. Isolirung des putriden Giftes wir uns ausdrücklich vorbehalten haben und dass unsere Studien hierüber in einer dritten Versuchsreihe dieses Abschnittes niedergelegt werden sollen.

Mit Veröffentlichung der dritten Versuchsreihe wird auch der zweite Abschnitt meiner Arbeit dem Drucke übergeben werden. Schon das bis hierzu gewonnene Material kann als ein für Vornahme physiologischer Untersuchungen über putride Intoxication hinlänglich reines angesehen werden. Soviel auch bis jetzt über künstliche Erzeugung der septischen Krankheiten und deren Erscheinungen geschrieben worden ist, darf dennoch eine Darstellung der Wirkungen des reinen Giftes als ein dringendes Postulat angesehen werden. Indem ich diese Wirkungen bei verschiedener Applicationsweise und verschiedenen Versuchsthieren theils schon geprüft habe, theils gegenwärtig noch prüfe, hoffe ich die Lehre von der putriden Intoxication in manchen Punkten fördern zu können. Die Untersuchungen an Fröschen versprechen mir für das pathologische Detail hierbei am meisten.

Der dritte Abschnitt wird von mir in Gemeinsamkeit mit Professor Dragendorff, dessen gütiger Mitarbeit ich mich versichert halte, bearbeitet werden. Er soll die Bedingungen der Bildung des putriden Giftes noch weiter erforschen und somit einen Beitrag zur Kenntniss des Fäulnissprocesses thierischer und pflanzlicher Stickstoff haltiger Körper überhaupt bieten.

Druck von W. Gläser. Dorpat, 1868.